산과 함께 한 나의 이야기

산과 함께 한
나의 이야기

이 상 호 지음

도서출판 **더 로드**
The Road Books

꿈이란 무엇일까?

잠잘 때 꾸는 것이나, 살아가면서 이루고 싶은 희망을 꿈이라 부른다. 어릴 적에는 특별한 재능이 없었는지 또래 친구보다 공부를 비롯하여 딱히 잘하는 것이 없었다. 운동은 좋아했지만, 뛰어나게 잘하는 것도 아니었다.

스무 살이 되면서 우연히 직장동료와 함께 지리산 등산을 했는데, 그때 산이 좋았고 체력도 괜찮다고 느꼈다. 그때부터 산을 열심히 찾았고 암벽등반을 하면서 고산 등반을 꼭 해야겠다는 꿈을 가지게 되었다. 언제 고산 등반을 가겠다는 구체적인 계획은 없었지만, 꼭 가야만 하는 것이 운명처럼 느껴져 운동하며 몸

을 만들고 쉬는 날은 무조건 산을 찾았다.

그로부터 13년이 지난 33살이 되던 해에 히말라야 7,000미터급 고산 등반을 하였다. 처음 고산을 오르며 등반에 재능이 있다는 것을 알게 되었다. 등반을 마치고 언젠가는 5대륙 최고봉을 올라야겠다는 새로운 꿈을 가지게 되었다. 북미 최고봉을 오르고 남미 최고봉, 유럽 최고봉, 아프리카 최고봉을 올랐다. 그리고 내 나이 51살이 되던 해에 아시아 최고봉이자 지구의 최고봉인 에베레스트를 오르며 꿈을 이루었다. 1990년에 도전했다가 눈사태로 정상 등정에 실패한 세계 5위 봉인 마칼루봉을 19년이 지난 2009년에 재도전하여 성공했고, 산에서 내려오면서 또 다른 꿈을 가지게 되었다.

그 꿈은 재능기부이다. 먼저 산을 오를 수 없는 장애인이 산을 체험할 수 있도록 함께 오르는 것이고, 다음은 청소년이 산을 체험할 수 있도록 하는 것이다. 그리고 산악문화 발전을 위해 내가 할 수 있는 역할을 하기로 마음먹었으며, 지금까지 열심히 활동하고 있다.

주변 사람에게 "꿈이 있는 삶을 살기 바란다."라는 말을 하고 있다. 나의 경우 먼저 꿈을 꾸었기에 5대륙 최고봉의 정상을 등정할 수 있었다고 생각한다. 다시 태어나도 내가 살아온 삶을 또다시 살아가리라. 많은 사람이 나이가 들면서 "이 나이에"라고 생각하는 것 같아 안타깝다. 몸이 늙는다고 마음마저 늙지는 않는다. 사람은 몸과 정신으로 구성되어 있다. 몸에는 나이가 있지만, 정신에는 나이가 없다. 또한 세상에는 몸으로 하지 않아도 이룰 수 있는 '꿈'이 너무도 많다.

꿈은 사람을 행복하게 만든다. 먼저 꿈을 가지자. 그리고 그 꿈을 이루기 위해 쉽게 포기하지 말고 열정을 갖고 노력하자. 고행의 강도는 성취감과 비례한다. 꿈을 이루기는 쉽지 않다. 많은 어려운 과정을 거쳐야 한다. 쉽게 이루어지는 꿈은 행운이 뒷받침되었을 때다. 하지만 언제나 행운이 뒤따르지는 않는다. 그렇지만 지난 시간을 회상해보니 꿈을 이루었을 때도 즐거웠지만, 꿈을 향해 달릴 때가 더 즐거웠던 것 같다.

'무엇을 하며 살았나?'라고 자신에게 한 번쯤은 물어보아야 한다. 꿈을 이루지 못한 사람은 주변의 상황 탓을 하기도 하지만, 그것은 핑계다. 상황이 정말 나빠서 할 수 없는 사람도 있지만, 나보다 분명히 좋은 환경에서도 포기하는 사람을 많이 보았다. 꿈을 향해서 오랫동안 달리다 보면 분명히 버리거나 포기해야 하는 것들이 많이 생긴다. 그런 것은 과감하게 버려야 한다. 꿈을 이루기 위해서는 어쩔 수 없는 일이다.

"내일의 꿈이 있어 지금이 즐겁고, 내일의 꿈이 있어 지금 나의 삶은 행복하다"

이순의 나이가 되면서 또 다른 꿈을 가지게 되었다. 그 꿈은 수필집을 만들어야겠다는 것이다. 생활 속에 일어나는 이야기로 글을 쓰기 시작했다. 또 살아오면서 느낀 것도 글로 표현했다. 이 책은 그때 꾸었던 꿈의 결과물이다.

사람마다 각자 살아가는 삶이 다르다. 어떤 인생이 가치가 있는 삶인가? 하는 것에는 기준이 모두 다를 수밖에 없다. 하지만 나에게 단 한마디로 말하라고 하면 앞에서도 이야기했듯이 '꿈'이다. 꿈을 가지고 그것을 이루기 위해 산 삶이 난 진정 가치 있는 삶이라 생각한다. 꿈을 이루면 더할 나위 없이 좋겠지만, 이루지 못하더라도 그 꿈을 이루려고 노력하는 자체만으로도 난 가치가 있다고 생각한다. 그렇기에 이 책에는 나의 꿈과 그것을 이루려고 노력하며 산 삶을 담았다. 이 책을 읽고 나의 삶이 누군가에게는 새로운 꿈이 되기를 바란다.

차 례

PART 1
내 행복의 울타리

Chapter 1 | **나에게 박수를 쳐주자**

PART 2
산과 함께 산 이야기

Chapter 1 | 산 이야기

Chapter 2 | 챌린지 랑탕 히말라야

Chapter 3 | **살며 산을 사랑하며**

Chapter 4 | **살아가면서 가 보고 싶은 곳**

PART 1

내 행복의 울타리

주변으로부터 낭만적으로 산다는 말을 많이 듣는다. 나 또한, 그렇게 생각한다. 이 PART는 낭만적이고 행복한 내 인생에 관한 이야기다. 내 이야기를 어떻게 구성할까를 생각해 보았다. 나라는 존재는 자연인으로서의 나가 있고, 한 여자의 남편으로서의 나가 있고, 가족의 일원으로서의 나가 있으며, 사회 구성원으로서의 나가 있다. 그렇기에 Chapter 1에서는 나의 이야기를 그리고 Chapter 2에서는 함께 손잡고 평생을 함께한 아내와의 이야기를, Chapter 3에서는 세상에서 가장 소중한 가족 이야기, Chapter 4에서는 내 인생을 가치 있게 살아갈 수 있게 해주고, 오늘의 나를 있게 만들어준 소중한 인연인 친척과 친구의 이야기를 담았다.

Chapter 1

나에게 박수를 쳐주자

방어진 아침 라이딩

요즘 산에는 나무들이 연두색으로 봄맞이를 하고 있다. 어제 아내와 같이 산책하기로 약속했지만, 가게 일로 피곤해하는 아내는 휴식을 취했다. 나는 이른 아침 방을 나설 때만 해도 뒷산을 가려고 생각했다. 현관을 나와 자전거를 만나면서 일산해수욕장 해안을 따라 라이딩하는 것으로 계획을 바꿨다.

따스한 기온이 파도를 타고 모래 사이에서 아침 햇살과 숨바꼭질했다. 대왕암공원에서 맞이하는 철쭉은 봄의 미소로 반겼다. 자전거 타고 오기를 참 잘했다는 생각이 들었다. 차를 타고 왔으면 철쭉의 미소를 느끼지 못했을 것이란 생각에 저절로 웃음이 나왔다. 대왕암 노송 사이로 라이딩하고 오토 캠핑장을 지나 해

안도로를 달리니 파도가 바위와 만나면서 하얀 거품을 만드는 것
이 보였다. 사라지고 또 하얀 거품을 만드는 것이 아름다웠다.

슬도 방파제에는 벌써 낚시꾼이 무리 지어 세월을 낚고 있었
다. 일부 꾼들은 삼발이 위에서 낚시하는데 위험한 곳이라 나에
게는 욕심 많은 사람으로 보였다. 벤치에 앉아 차 한잔을 마시며
바다를 멍하니 바라보니 갑자기 소중한 사람들이 세상을 떠난 생
각에 그리움이 파도처럼 밀려왔다. 다들 무엇이 그리 급해서 이
승을 버리고 갔나, 나하고 조금 더 놀다 가시지 하는 간절함이 파
도에 부서졌다.

다시 자전거를 타고 방어진항을 달렸다. 이른 아침이라 한적
한 모습이 내게는 여유로워서 좋았다. 얼마 전 아내와 함께 걸었
던 방파제를 지나 꽃바위로 핸들을 돌렸다. 이른 아침이라 당연
히 한적한 길인데 내 마음은 오래된 불황 탓으로 여겨져 쓸쓸했

다. 화암추 방파제를 달리니 텅 빈 주차장은 더욱 서글프게 다가왔다. 한산한 화암추 등대에서 차 한잔 마시니 거대한 시추선이 산처럼 바다에 솟아있는 것이 보였다.

뒤돌아 방파제를 지나 데크 위를 달리니 멀리 수평선에 수많은 배들이 정박해 있는 것이 보였고 바닷물은 속내를 모두 비웠는지 깨끗했다. 벤치에 앉아 바라보는 수평선은 평화로웠다. 아무런 생각도 나지 않았다. 멍하니 바라보기만 하다 다시 자전거 위에 올랐다.

해양플랜트 사업부 울타리를 따라 달리니 가파른 오르막길이 있어 힘이 들었다. 저속 기어로 바꾸고 거북이 속도로 올라 길옆에 있는 작은 동산 숲으로 들어갔다. 와보지 않았던 곳이라 나무 사이로 힘들게 페달을 밟았다. 동산을 내려와서, 방어동과 화정동 골목을 지나 월봉 시장으로 들어갔다.

한산한 시장의 떡집에는 쑥떡이 봄소식을 진열해놓고 손님을 기다리고 있었다. 살까 말까 망설이다 서산에서 보내온 집에 있는 쑥떡이 생각나 그냥 지나쳤다. 가게로 들어서니 아내가 어디 갔다 오느냐며 말을 걸었다. "그냥 자전거 라이딩했다."라면서 냉장고에 있는 쑥떡을 레인지에 돌려서 맛있게 먹었다. *(2019년 4월 16일)*

시(詩)
털머위

사계절 푸른 옷을 벗지 않는다

봄부터 모두가 웃는다

웃다가 가고 나면

해안가에서 조용히

수줍게 미소 짓는다.

청 푸른 가을 하늘에

하얀 뭉게구름이

커다랗게 웃지만

소나무 아래서

조용한 미소로

당신을 기다린다. *(2019년 10월 21일)*

나의 일상

알람 소리에 떨어지기 싫어하는 눈꺼풀을 완력으로 떼고 일어났다. 아침 운동 가려고 작은 배낭에 물과 핸드폰 등을 챙기고는 텔레비전을 켜니 농부가 꿈인 고등학생의 농사짓는 영상이 나의 발걸음을 붙잡았다. 현시대의 젊은이는 생각도 할 수 없는 꿈을 만들어가는 모습이 잔잔한 감동을 주었다.

'뒷산을 갈까? 자전거를 타고 운동 갈까?'

하고 생각했던 조금 전의 갈등은 사라지고 가게에 가서 장사 준비를 했다. 자투리 시간에 옥상에 올라가서 근력운동을 흉내만 내고 다시 점심 장사 준비를 했다. 주말이고 추석 직전이라 장사는 비수기다. 그래도 우리 음식을 드시러 오는 손님이 많아 감사하다.

점심 장사를 끝내고 죽마고우인 청하 친구 집에 놀러 갔다. 그는 땡초다. 선문선답에 능통하고 지식이 풍부하며, 노래도 가수 수준이다. 세상사를 통달한 도인이다. 우린 커피를 한잔하면서 세상에서 가장 편한 대화를 나누었다. 앞으로 살아갈 인생과 내가 살아가면서 조심해야 할 언어와 행동을 논하였다. 난, 이런 친구가 있어 복이 많다.

가게에 들어오니 아내가 딸 식구가 서울에서 오후 2시경에 출발해서 오고 있단다. '아이고 귀여운 외손녀가 온다고, 뜻밖의 보물이 온다네.' 나의 입꼬리는 귓불에 걸린다. 장사하면서 시계를 자꾸만 쳐다본다. 저녁 7시 30분경 외손녀가 나타났다. 나의 눈동자는 쟁반만큼 커지면서 달려가 외손녀를 안아본다. 언제 오나 기다리고 기다리던 외손녀가 내 품에 지금 안겨있다. 황홀하다. 우주가 내 품에 안겼다.

외손녀는 두 달 전보다 키도 컸고 말도 똑똑하다. 먼 거리를 달려온 딸 식구를 더 보고 싶은 아쉬움을 꾹꾹 누르고 우리 집으로 올려보냈다.

하루는 이렇게 지나간다. 나의 소중한 시간이다. 오늘을 되돌아보며 내일은 어떻게 살아갈까 앞당겨 생각한다. 가을비가 밤을 어둠을 두드리고 있다. *(2019년 11월 30일)*

서로가 칭찬하는 봄

아내가 내 배를 보더니, "배가 나왔다."라고 했다. 그 말을 듣고 이른 아침에 해수욕장 모래사장을 뛰고, 대왕암공원 계단을 뛰어 오르내리기를 세 번 왕복하니 오를 때마다 숨이 차서 약 240여 개의 계단을 한 번에 오를 수가 없었다. 다시 해수욕장의 모래사장을 달려서 가게로 왔다.

우리 집 옥상에는 골프 연습하는 그물망도 있고 역기와 바벨도 있으며 최근에 사위에게 선물 받은 줄넘기도 있다. 오늘도 옥상에 올라가서 사위가 선물한 줄넘기를 300회 이상 돌렸다. 줄넘기할 때마다 선물해준 사위 생각을 한다.

가게에서 장사 준비를 하고 있는데, 아내도 찬을 만들려고 내

려왔다. 아내를 보면서 오늘이 가기 전 아내에게 칭찬받는 일 하나는 해야겠다고 생각했다. 또한, 가까이 있는 누군가에게 칭찬의 말도 해야겠다고 생각했다.

봄을 맞아 아름다운 꽃들이 산천에 피어있다. 사람도 봄꽃처럼 서로가 칭찬하는 봄이 되었으면 좋겠다. 멀리 있는 꽃은 찾아가야 볼 수 있지만, 가까이에 있는 꽃은 눈을 뜨면 볼 수 있다. 가까이 있는 사람이 꽃이다. 서로 칭찬하는 칭찬의 봄꽃이 만개하였으면 좋겠다. *(2020년 4월 10일)*

아침 산책 중에

몸을 깨워야 한다.

마음을 깨워야 한다.

게으름을 벗어나지 못하면,

죽어서 살아가는 삶이다.

나의 명상은 생각을 비우는 것이 아니라, 생각이 자유로이 들어오도록 그냥 두는 것이다. 그러다 보면 나도 모르는 순간에 생각이 들어오지 않는 순간이 있다. 그것이 무념무상이다.

시간을 기다리지 말자. 내일의 약속도, 일주일 뒤의 약속도, 한 달 뒤의 약속도, 일 년 뒤의 약속도, 십 년 뒤의 약속도 때가 되면

오기 마련이다. 지금 일 초의 시간이라도 유용하게 사용하자.

오늘은 20여 년 전에 뛰었던 길을 터벅터벅 걷고 있다. 그때는 듣지 못했던 매미들이 부르는 노래가 감미롭게 들린다. 그래도 마음 한쪽에는 지나간 날들이 그립다.

홀로 걷는 산이 좋다. 여러 사람이 산에 가면 산은 누구에게나 공평하게 자신을 나누어 준다. 하지만 나 혼자 산에 가면 산을 독차지할 수 있으니 좋다.

크고 좋은 나무만 있다고 좋은 산은 아니다. 잡초나 잡목이 없는 산은 집중 호우가 쏟아지면 쓸려 내려간다. 사람도 똑똑한 사람만 있으면 사회는 혼란에 빠진다.

산의 꼭대기에서는 오래 머무르지 않는 것이 좋다. 그곳에서 내려다보는 경치가 좋아도 계속 보고 있으면 똑같은 풍경이다. 오래 있으면 강풍이 불어도 막아주는 것이 없고, 비와 눈이 내려도 피할 곳이 없다. 꼭대기에서는 기분이 좋을 때 산에서 내려와야 한다. 권력과 명예도 꼭대기에 올랐으면 적당할 때 내려올 줄 알아야 한다.

숲속에서 뱀을 만났다. 그 숲속은 뱀의 마을이다. 내가 많이 놀랐을까? 뱀이 더 많이 놀랐을까? 나는 미안해서 돌아서 지나왔다.

잘난 사람도 못난 사람도 뛰어다니던 사람도 기어 다니던 사람도 죽어서 가는 곳은 모두가 걸어 다니는 발아래 땅속이다.

일만 걸음을 걸으면서 명상도 하고 사색하면서 힐링했다. *(2020년 8월 23일)*

세 겹의 옷

나는 늘 세 겹의 옷을 입고 살아간다. 사람이 만든 옷, 부모님이 물려준 육체의 옷, 내가 만들어가는 마음의 옷을 입고 죽을 때까지 살아간다.

사람이 만든 옷은 사람의 눈에 먼저 보인다. 그 옷을 부럽게도 보고, 멋있게 보기도 하고, 추하게 보기도 한다. 그래서 첫 만남의 이미지가 중요하다. 옷을 살 때도 신중하게 선택해야 하고, 외출할 때도 신경을 써야 한다.

부모님이 물려준 육체의 옷은 사람의 눈에는 잘 보이지 않는다. 부모님이 물려주셨지만 멋있게 만드는 것은 나의 몫이다. 쉽게 갈아입을 수도 없지만, 육체의 옷을 아름답게 하는 것은 타인

이 해줄 수 없다. 육체의 옷을 아름답게 하려면 운동하는 등 많이 노력해야 한다.

내면에 입고 살아가는 마음의 옷은 사람의 눈에는 보이지 않는다. 생각을 어떻게 가꾸어 가는가에 따라서 아름답게 느낄 수도 있고, 추하게 느낄 수도 있다. 이것은 지식과는 다르며, 내가 평가하는 것도 아니다. 내면의 옷을 잘 입으면 타인에게 존경받을 수도 있고, 행복하게 살아갈 수도 있다.

나는 언제나 세 겹의 옷을 입고 살아가지만, 타인의 눈과 마음에서 아름답게 보이고 존경받을 수 있는 옷을 입고 살아가고 싶다. *(2021년 5월 1일)*

〈위 사진 : 우측이 '라인홀드 메스너' 지구상의 8,000m 14봉을 최초로 오른 산악인의 살아있는 전설〉

나에게 박수를 쳐주자

눈을 뜨니 새벽 5시였다. 보온병에 따뜻한 물을 넣고 밖으로 나오니 비가 내렸다. 동구를 벗어나 언양을 지나도 비가 내렸다. 석남사 가까이 가니 비는 오지 않고 하얀 안개가 계곡에 수채화를 그려놓았다. 구 석남터널을 지나 주차하고 가지산을 오르니 구름 속이라 산 아래도 구름 속에 숨어서 세상이 전부 구름 속에 갇혔다.

홀로 걷는 길에 새들이 속삭였다. 나의 발걸음 소리에 새들의 이야기가 들리지 않을까 봐 조심해서 걷는데도 잠에서 깨지 않은 돌들이 놀라서 소리쳤다. 계단 아래 산장에서 물 한 모금 마시고 산에서 내려왔다. 하산 길에 부지런한 몇 사람을 지나치고 주차장에 도착했다. 의자를 꺼내어 계곡 물가에 놓고 앉아 차와 빵을 먹으며 바위를 미끄러지며 흐르는 물을 바라보았다. 새잎에 자리를 내어 준 낙엽이 땅 위에, 물가에 뒹굴고 있었다.

세월은 나를 데리고 간다. 그곳의 종착지는 죽음이고 내 육신을 분해할 것이다. 그리고 흙이 될 것이다. 그때는 나를 위해 박수 칠 수 없을 것이니 오늘 이른 아침 산길을 걸은 나에게 박수를 쳐야겠다. 나에게 맛있는 밥을 지어주는 아내에게 감사할 줄 아는 나에게도 박수를 쳐야겠다고 생각하며 가게로 돌아왔다.

지금 가게 데크 지붕 골 패널에 6월의 비가 내리고 있다. 가만히 들어보면 낭만과 운치가 있어 좋다. 10시경에 먹는 조찬을 데크에 앉아 바다와 대왕암공원을 바라보면서 먹는다. 덤으로 아내

가 가꾸는 순이 정원에 꽃들이 활짝 피어있어 아침을 먹는다기보다는 즐긴다는 표현이 더 어울린다. 비는 요란하게 내리다가 쉬어가면서 내린다. 잠깐 쉬는 듯하더니 또 요란하게 내린다. 식사 후 차 한 잔을 마시고 골 패널 지붕을 두드리는 비의 연주를 귓속에 담아 본다.

살아가면서 나를 위하여 박수를 쳐주지 않은 것 같다. 비가 골 패널을 두드리는 소리를 들으니 이제부터는 내가 나에게 박수 쳐주면서 살아야겠다는 생각이 든다. 아침에 눈 뜨면 하루를 열심히 살자고 박수 치고, 잠자리에 들기 전에는 오늘 열심히 살았다고 박수를 쳐야겠다. 지나가는 시간을 낭비하지 말고 만나는 사람에게 감사드리고, 미풍에도 고맙게 생각하며 살자. 그렇게 열심히 살아가고 있는 것에 큰 박수를 쳐주자. 나를 위하여 내가 나에게 칭찬의 박수를 쳐주자.

바다 건너편을 보니 대왕암공원에는 흰 구름이 피서 와서 떠나지 않고 있다. 구름 아래 출렁다리는 아직 준공은 하지 않았지만, 내일은 수많은 사람이 건너가고, 나도 건너가겠지. 나에게 박수 칠 내일을 기다리자. 또 나에게 박수 칠 수 있는 일을 많이 하면서 살아야겠다. 지금 내리는 요란한 빗소리처럼 내가 나에게 가장 많은 박수를 받을 수 있는 인생을 살고 싶다. *(2021년 6월 12일)*

심장혈관 확장 시술

기해년(2019년)에 들어서면서 산을 오르면 가슴이 따가웠다. 조금 지나면 괜찮아져서 크게 걱정하지 않았지만, 마음은 편하지 않아 병원에 가서 진찰을 받아야겠다고 생각했다. 차일피일 미루다 국가에서 하는 정기검진을 받으면서 위내시경 검사를 했지만, 특별한 이상은 없었다. 어느 날 아침 운동으로 뒷산 오르막을 올라가니, 가슴이 아주 따가워 걸을 수가 없었다. 쉬면 괜찮고 다시 오르면 따가웠다. 그래도 쉬어가면서 계속 산행하면 괜찮아졌다.

'역류성 식도염인가?'하고 생각했지만, 아버님도 협심증이 있었고, 형님도 뇌출혈로 유명을 달리하였기에 정밀검사를 받아보아야겠다고 결심했다. 먼저 평소에 잘 알고 지내던 황 원장을 찾아가서 상황을 말했더니 울산병원을 소개하며 소견서를 써주었다. 즉시 울산병원에 가서 각종 검사를 했고 결과를 보고 날짜를 예약하여 심장혈관 검사를 하기로 했다.

병원에서 처방해주는 약을 매일 먹고는 검진하는 날 아내와 함께 예약 시간에 맞추어 병원에 갔다. 환자복을 입고 12시부터 기다리다 2시에 검사실로 들어가니 심장 초음파 검사를 했다. 검사실 앞에서 기다리다 5시경 검사실로 들어갔는데 마음은 차분했다. 의사는 장비에 반듯이 나의 몸을 누이고 오른팔 손목에 마취한 후 검사를 진행했다. 팔에 약간의 통증이 있었지만 심하지는 않았다.

의사는 내가 고산 등반과 탐험한 사실을 알고 있었고, 그것을 동료에게 말하며 나를 대단한 사람이라고 소개했다. 검사를 하더니 심장이 많이 손상되어 히말라야 등반은 이제 할 수 없다고 했다.

밖으로 나가 아내를 불러서 검사 결과와 시술에 관하여 설명하고 다시 나에게 와서 일차로 심장혈관 확장 시술을 해보고 안 되면 트랜스를 혈관에 넣겠다고 했다. 참으로 기분이 묘했다. 나의 몸이지만 지금은 내가 선택할 수 있는 것은 아무것도 없었고, 의사의 결정에 맡길 수밖에 없었다.

의사들은 계속 내가 알 수 없는 용어로 서로 이야기하며 시술을 진행했다. 가슴이 조금 아팠다. 시술이 모두 끝나자 의사를 비롯한 주위 사람에게 감사하다고 말했다. 시술한다고 뚫은 혈관에 지혈하기 위해 압박붕대를 감고 수술대를 내려왔다. 시술을 모두 마치고 의사가 아내와 나를 불러서 시술한 부분을 모니터로 보여주면서 설명해주었다.

"심장에 혈관이 세 개가 있는데 두 번째 혈관이 막혀서, 시술로 확장하여 96% 완쾌되었으니 다시 히말라야에 가도 됩니다."

의술 발전에 대해 놀라움을 금할 길이 없었다. '아마 옛날 같았으면 고칠 수 없어 가슴의 통증을 평생 안고 살다 죽음을 맞이했으리라.'라는 생각이 들었다. 시술하는 동안 아내가 병실을 예약하였고 나는 휠체어를 타고 입원실로 이동했다. 아내가 편의점에 가서 입원에 필요한 간단한 물품을 사 왔다. 늦은 저녁을 먹고 아내는 가게 일하러 돌아갔다. 지난 2월에 내가 가장 존경하는 후배가 바위에서 추락하여 유명을 달리하여 아직도 슬픔을 달랠수가 없다. 추도시를 쓰면서 생이 한 조각의 구름처럼 잠깐 왔다가는 것으로 생각했지만, 이제 나도 이순이 넘었으니 세월의 무게를 인지하고 받아들여야겠다고 생각했다. *(2019년 3월 14일)*

Chapter 2

아내와 함께한 차박과 산책

하루를 일주일처럼

가게를 마치고, 자정이 지나는 시각에 출발하여 울산 시가지를 벗어나니 자욱한 안개가 길을 막아 빨리 주행할 수가 없었다. 운문령에 주차하니 밤 1시가 지나고 한 치 앞을 볼 수 없던 안개도 사라져 하늘에 커다란 별들이 반가이 인사했다.

막냇동생이 함께하여 3명이 차박하니 조금은 복잡하여 불편했다. 금방 잠이 들면서 드르렁 콧노래를 부르는 막내의 노랫가락에 쉽게 잠을 잘 수 없었다. 날이 밝아오면서 차 안에서 동녘 하늘을 바라보니 구름이 자리하고 있어 일출은 맞이할 수 없다는 생각에 침낭 속에 뒤척이니 작은 새 한 마리가 자꾸만 유리를 두드렸다. 차 문에 앉아 우리를 들여다보더니 남은 잠까지 거두어

가버렸다. 일어나 커피를
마시며 기지개를 켜니 늦
은 시각 태양이 구름 위
로 나타나 인사를 했다.

　문복산을 바라보니
기대했던 눈은 보이지 않
는다. 어제 울산에 비가 내려서 가지산 정상 부위에는 설화가 피
지 않았을까 해서 운문령을 찾은 것이다. 우리는 산행을 접고 운
문사로 드라이브를 했는데 다시 찾아온 짙은 안개는 경관을 모두
가리어서 꿈속을 달리는 듯했다. 안갯속을 달리면서 우리는 청도

한재 미나리꽝을 가 보자고 즉석에서 결정하여 운문댐을 지나 내비게이션의 안내에 따라 열심히 달렸다. 안개가 걷히면서 멀리 보이는 산들이 동양화를 만들고 있어 즐거운 아침이 되었다. 열 시가 되지 않은 시간이라서 미나리를 살 수 있을까 생각하며 한재 미나리 농원에 도착했다. 마을 논들이 전부 비닐하우스로 덮여 있고, 길가에는 양쪽으로 미나리 판매하는 상가가 끝없이 자리하고 있었다. 마을 상단부를 지나니 가게 문을 열어 미나리를 씻고 있는 아주머니가 있어 한 단에 만 원 하는 미나리 5단을 샀다.

여기도 일손이 없어 김포에서 직장 생활하다 명절이라서 내려온 아들을 아침부터 일을 시키고 있다고 했다. 분주한 아침이었지만, 우리 가게의 문을 열지 않는 아내는 느긋한 시간의 행복을 맘껏 즐기고 있었다. 여기서 미나리를 판매하는 상인이 126명이라고 하니 규모는 전국 미나리 농원 중 최대라고 할 수 있을 것이다. 운문령에서 쌀쌀한 기온이 라면을 생각나게 하였던 아침이라, 지나면서 만나는 마트에서 라면과 김치를 사서 가지산 자락의 제일 농원 주차장에서 미나리 라면을 끓여서 먹었다. 미나리 향이 잎 떨군 나뭇가지에 봄꽃이 되어 피어났다.

산책을 즐기고 있는데 정자에서 횟집 하는 형님에게서 바닷장어가 준비되었다고 전화가 왔다. 울산 시가지를 가로질러 형님 가게에 들어가니 손님이 몇 테이블 앉아 있었다. 우리는 설날 아들과 딸과 형제들이 모여 파티를 하기 위해서 바닷장어를 구매했다. 그리고 방어진 어판장으로 달려가서 복어를 사서 미나리를 넣고 복어탕과 바닷장어로 늦은 점심을 먹었다. 하루가 일주일은 산 듯이 보람된 시간이었다. 하루하루를 하루가 일주일처럼 느껴지는 삶을 살아야겠다는 마음에 늦은 시간 옥상에 올라가서 줄넘기하고 역기를 들고 달력의 24일 자에 동그라미를 그렸다.

대왕암

대왕암, 그곳에 가면
바람이 온몸을 어루만진다.
지난 세월 묵은 때가 날려가고
맑은 바닷물이 채워진다.

비틀대며 살아온 삶이
파도처럼 바위에 부딪혀
부서지고 사라진다.
바위에는 흔적으로 남는다

어제 다녀간 태양이
오늘도 수평선 위로 뜨며
하루를 시작한다.
모두가 태양 따라

새로운 오늘을 살아간다.

삶은 돌고 돌아간다. *(2020년 1월 24일)*

보고 느끼며 걷는 삶

– 석남사에서

석남사 언저리의 숲속에 주차하고 잠을 청했지만, 쉽게 꿈나라로 들어가지 않는다. 아내도 뒤척이면서 잠이 들지 못했다. 멀리서 자지 않고 노래하는 개구리 소리가 아득히 들려온다. "개굴개굴" 아내는 "제들은 왜 늦은 밤에도 울고 있나."라고 했지만, 나도 왜 이 늦은 밤에 노래할까 궁금했다.

눈을 뜨니 사방이 녹음이다. 밤사이 나 몰래 비를 뿌렸는지 풀잎에 은구슬이 달려 있다. 새근새근 자는 아내를 두고 숲속의 임도를 따라 산책했다. 지난밤에 늦도록 노래하던 개구리 소리는 들리지 않고, 숲에서 새들이 노래했다. 촉촉하고 신선한 공기를 마시며 혼자 가 보지 않은 길을 따라 계속 숲속으로 들어가니 뜻밖에 커다란 농장이 있었다. 커다란 울타리 안에는 염소와 닭들이 자유로이 새벽 산책을 즐기고 있었고, 주인 내외분이 나를 보고 의아해하는 표정이다. 약 40년을 가지산을 찾았는데 이런 농장이 있는 것을 몰랐다.

아내가 일어나서 석남사 주차장에 주차하고 사찰 입구로 들어가니 아름드리나무가 거대한 모습으로 반긴다. 수백 살은 된 듯한 저 나무들은 얼마나 많은 사람을 반겼을까. 또 얼마나 많은 사람을 반길까 생각하니 나의 삶이 짧게 느껴졌다. "여기서부터 석

남사 나뭇가지 길입니다." "여기부터 걷는 길입니다." 라는 현판이 사찰의 정갈함으로 마음을 차분하게 만들었다.

우리는 숲길을 느리게 걸었다. 길을 걷는다는 것은 나에게는 삶을 걷는 것이다. 자동차로 달리면 빨리는 갈 수 있지만, 뒤돌아보면 뭐 하고 살았는지 모르고 지나간다. 하지만 걸으면서 살아가면 많은 것을 보고 느끼며 살아갈 수 있다. 그래서 나의 삶은 달리지 않고 걸으면서 살아가는 삶이었으면 좋겠다.

석남사 경내로 들어가니 노스님을 부축하여 많은 스님이 이동하고 있었다. 아침 공양 시간이다. 마당의 탑을 돌고 사진을 찍고 있으니 노스님께서 사진만 찍지 말고 법당에 들어가라고 하신다. 경내를 나와서 계곡을 따라 산책하다 야외 테이블에 앉아 들고 간 빵과 커피를 마셨다. 울타리 안에 자라고 있는 채소들과 울창한 숲과 구름 사이로 인사하는 태양이 아름다웠다. *(2020년 7월 1일)*

엄지 척 구만폭포

집에서 한 시간 거리에 있는 폭포로 차박 산책을 하기 위해 가게를 마치고 밤 10시경 출발했다. 동구를 벗어나 언양으로 달려가니 소나기가 오락가락한다. 약 한 시간을 달려 울밀선 도로를 벗어나서 구만산으로 들어가다 먼저 와서 기다리는 막냇동생을 만났다. 캄캄한 시골길을 내비게이션의 안내에 따라 들어갔다. 십여 년 만에 비 내리는 밤에 들어가니 생소한 집들이 많았다.

내비게이션의 안내가 끝나 내가 있는 곳이 어디인지 몰랐다. 차가 들어갈 수 있는 길도 막혔다. 주변을 살피니 하산객을 상대로 장사하기 위해 설치한 임시 건물이 있고, 실내는 테이블이 있었다. 가랑비가 내리고 있어 들고 간 치킨과 맥주로 그곳에서 늦

은 밤 건배를 하는데, 귀뚜라미가 부르는 노래가 치맥과 어울려서 환상적인 밤이 되었다. 은구슬이 풀잎에 내린 밤, 반딧불이 산책을 하고 있어 조용히 차 속으로 들어가 아내의 머리를 쓰다듬어본다.

　잠이 창밖으로 나가서 따라 나갔더니, 구름 속에 반달과 별들이 인사했다. 다시 차 속으로 들어가 잠과 뒹굴다. 05시 30분경 주변을 둘러보고 동생과 아내를 깨워서 구만산 초입으로 이동하여 출발하는데 비가 내렸다. 우산을 쓰고 산을 오르는데 계곡은 많은 수량으로 굉음을 지르며 아침을 맞이하고 있었다. 등산로를 따라 계곡을 바라보며 한참을 오르는데 아내의 신발 바닥이 떨어졌다. 나무에 매달린 표식기로 떨어진 신발 바닥을 묶고 계곡의 물을 건너니 묶은 표식기가 신발에서 도망을 쳐 물 따라 흘러가 버렸다.

조심조심 구만폭포에 도착하니 하늘에서 쏟아지는 물줄기가 장관이다. 물보라가 우리에게 날아와서 여름의 삼복더위를 모두 날려 보냈다. 차박하고 산책하면서 만난 폭포 중에 최고라고 아내가 엄지 척했다.

커피와 모닝빵을 폭포 앞에서 먹으니 꿀맛이다. 아내가 떨어진 신발 탓에 가기 싫다고 한다. 다행히 폭포 주변에 산불 조심 현수막이 나무에 부착되어 있어 나일론 끈을 풀어서 세 가닥 중에 한 가닥은 현수막을 묶어놓고, 두 가닥으로 아내의 신발을 동여매고 구만산 폭포를 뒤로하고 산에서 내려왔다. 오를 때 잠깐 뿌리던 비는 그치고 구름 사이로 햇살이 우리가 걸어가는 길을 비추었다. *(2020년 8월 10일)*

배내고개

요즘은 코로나19로 가게가 조용하다. 거리두기와 비대면을 날마다 홍보하고 있으니 그럴 수밖에 없다고 생각한다. 영업하는 사람의 욕심은 타인은 장사가 안되더라도 내 가게는 손님이 왔으면 하는 바람일 것이다. 손님이 일찍 끊어지면서 아내에게 번개 차박을 가자고 했더니 좋다고 하여 서둘러 가게 문을 닫고 출발했다.

배내고개에 도착하니 몇 대의 차가 주차되어 있었다. 밤하늘을 바라보니 큰 별, 작은 별, 은하수까지 밤하늘에서 반짝이고 있었다. 기온도 내려가서 추위를 느꼈지만, 울산에서 만나기 어려운 별들의 풍광에 옷깃을 여미고 아내와 별을 보며 산책했다. 차에 들어가도 선루프와 창유리에 별들이 빼곡히 매달려 있어 유튜

브에 60대의 노부부 이야기를 임영웅 씨가 부른 것을 틀어 놓고, 아내를 꼭 안아본다. 너무나 아름답고 행복한 밤이다.

눈을 뜨고 이불속에서 게으름을 피우다 06시 30분경에 밖으로 나오니 벌써 많은 사람이 산을 오르려고 주차하고 산행 준비를 서두르고 있었다. 물을 끓여 커피를 들고 아내와 신선한 공기를 가슴 가득 채우고, 임도를 따라 산책을 나섰다.

능동산 산허리를 따라 임도를 걸어가는데 태풍 마이삭 때 수많은 나무가 부러지고 뽑힌 것이 보였다. 안타까움이 마음 한쪽을 채우고 있었지만, 멀리 보이는 영남 알프스는 미세먼지가 없어 너무나 선명해 기분은 상쾌하였다. 차박하고 이른 아침에 숲길을 아내와 걷는다는 것이 너무 좋다. 인생길을 함께 걸어온 아내와 오늘도 손잡고 함께 걸을 수 있어 행복했다. 오손도손 살아가는 삶이 가장 큰 행복이라고 생각한다.

지난밤 잠들기 전 수많은 별을 보면서 나의 죽음에 관하여 생각을 해보았다. 언제 죽을 것인지? 어떻게 죽을 것인지? 나의 부모님처럼 생의 마지막을 요양병원에서 대소변도 음식을 먹는 것도 타인의 도움으로 살다 생을 마감하지 않을까? 그것이 나의 마지막 가는 모습이 되지 않도록 건강을 위해서 노력하고, 일각의 시간도 최선을 다해 버려지는 시간이 없도록 살아야겠다고 다짐했다.

산에서 내려와 식빵과 주스를 들고 배내고개에 있는 정자에 앉아 먹으면서 추석 때는 시간 되는 형제들과 억새밭 트래킹을 하자고 약속했다. 나의 정원인 영남 알프스를 바라보니 이제 옷을 갈아입을 산의 모습이 아름답게 느껴졌다. 가을에는 매일 차박 하며 즐기자고 아내와 손가락을 걸었다. *(2020년 9월 19일)*

신선들이 사는 고헌산

차례를 지내고 가족과 식사하고 덕담을 나누고 밖에서 놀다 집으로 돌아와도 오전 열한 시밖에 되지 않았다. 이번 추석은 아이들이 오지 않으니 한가롭다.

TV 채널을 산책하다 누나와 막냇동생이랑 고헌산에서 차박하고 산행하기 위해 오후 3시경 아내와 가게를 출발하여 누나와 막냇동생을 만나서 차리 마을을 찾아갔다. 처음 가는 곳이라 마을에서 올라가는 들머리를 몰랐지만 차리 저수지를 지나 임도를 운행하니 영남알프스 둘레길 이정표가 보여 임도 따라 아름다운 숲속으로 느리게 달렸다. 임도 삼거리를 만나 좌측으로 산을 오르니 오늘 차박 하려고 계획했던 패러글라이딩 이륙장이 있었다.

　이륙장에는 탁 트인 조망으로 울산 시가지와 언양이 보이고, 차리 마을과 두서면이 한눈에 들어오니 가슴이 뻥 뚫렸다. 패러글라이딩을 체험하기 위해서 인도와 미얀마에서 공부하러 온 여대생 두 명이 비행하는 것을 구경하고, 초등학생과 어머니가 체험하는 것을 구경하고 나니 어둠이 대지를 삼키고 있었다. 이륙장 옆 초원에 상차림을 하고 삼겹살을 구워서 한가위 술을 마셨지만, 밤하늘은 온통 먹구름에 덮혀서 달이 보이지 않았다. 그래도 시원한 공기와 발아래 저 멀리 펼쳐진 조망은 우리의 마음을 만족시키기에는 부족함이 없었다.

　초저녁부터 음악 소리가 들리는 곳으로 찾아갔더니 이불 싣는 탑차에 요리하여 술과 음악으로 밤을 즐기는 사람이 있어 합석하여 이야기꽃을 피우고 있으니, 구름이 모두 이사를 하고 나뭇가지 사이로 한가위 달이 같이 놀자고 나왔다. 이륙장에는 낮에 보았던 들녘과 산에 달빛이 내려앉아 대낮같이 밝다. 아내와 누나는 "와, 좋다"라고 반복된 감탄사를 쏟아내었다. 우리는 달빛을 창유리마다 빼곡히 도배하고 꿈속으로 들어갔다.

미치도록 아름다운 것에 천상이란 표현을 쓰는데, 이륙장에서 맞은 아침의 풍광을 나는 선계라고 말하고 싶다. '신선들이 사는 곳이 이런 곳이구나'라고 생각들만큼 커다란 감동으로 다가왔다. 들녘에 운해가 내려앉아 솜이불을 덮고 아침을 맞이하고 있으며, 하얀 운해 사이사이로 산들이 작은 섬으로 새근새근 자고 있었다. 시간이 지나면서 수평선 구름 위로 붉은 태양이 만물을 기상시키며 솟아올랐다. 부지런한 사진작가 네 명이 촬영하고 있어 커피 한 잔 드리고, 라면을 끓여서 어제저녁에 먹다 남은 밥과 가을 들녘의 운해를 섞어서 아침을 먹었다.

고헌산을 오르는 길가에 구절초가 가을을 피우고, 억새는 가을 춤을 춘다. 정상에 오르니 미세먼지가 없어서 영남 알프스가 손에 닿을 듯이 밝은 모습으로 인사한다. 청도와 경주에는 운해가 하얗게 덮여 있어 내가 신선이 된듯하다. 산에서 내려와서 임도를 달리니 나무들이 금방 옷을 갈아입을 듯하여 아내는 매일 차박을 가자고 했다. *(2020년 10월 1일~2일)*

시(詩)
억새

바람이 분다
세월이 간다
하얀 모자 쓰고
새털구름 따라
흰머리 흔들며 먼 길을
가볍게도 달려간다

여보게
허리 한번 펴고 가세나
그냥 간다고 빨리 가나
뛰어간다고 빨리 가나
오늘도 가는 세월
쉬었다 가세나

일출에 반짝이더니

석양에도 반짝이네

어린 시절 엄마 손 잡고 걸었는데

늙어서는 누구 손 잡고 걸어갈까?

가을에 피는 억새야

꽃잎을 바람에 날리지 마라.

내가 늙으면 바람에 날려가야 한다

법기 저수지의 히말라야시다

보름달이 밤하늘에서 활짝 웃으며 오늘은 왜 출발하지 않느냐고 묻는다. 일요일이라 손님이 일찍 끝나 밤 10시가 되기 전에 내비게이션을 켜고 법기 저수지 안내를 받으며 서창과 덕계를 지나 법기 저수지 주차장에 들어가니 11시도 되지 않았다. 차 밖으로 나오니 대낮같이 밝다. 다른 날보다 일찍 도착하여 그냥 잠자기는 밝은 달빛이 너무 아까웠다. 아내에게 와인 한잔하자고 했으나 벌써 침낭으로 들어간 아내는 싫은지 동의하지 않는다. 나도 침낭에 들어가서 핸드폰을 만지작거리다 선루프를 바라보니 보름달이 하늘 가운데서 내려다보고 밖으로 나오라고 했지만, 침낭속의 따스함이 놓아주지를 않는다.

　　새벽녘에 달이 산을 넘어가고 어둠이 숲속으로 잠깐 산책하더
니 태양이 올라오니 도망을 가버린다. 법기 저수지는 양산에 있
지만, 부산 시민의 식수원이라서 10월에서 4월까지는 아침 8시가
되어야 출입이 허용된다. 입구에 들어서니 좌측에는 하늘을 찌를
것 같은 히말라야시다 수백 그루가 장엄한 모습으로 자리하고 있
고, 맞은편에는 나이 많은 벚나무들이 수십 그루 자리하고 있어
아내와 나의 입에서 동시에 감탄사가 터져 나온다. 저수지 우측

계단으로 둑에 올라서니 약 130년 된 반송이 수많은 가지를 사방으로 뻗고 아침을 맞이하고 있다. 반송을 만난 우리는 황홀했다. 지금까지 만난 수많은 소나무와는 또 다른 모습이다. 소나무 사이의 벤치에 앉아서 들고 간 따뜻한 물에 차 한잔 마시며 아침을 시작하는 나는 행운아다.

반송과 헤어져 둑을 내려오니 수십 미터는 자란 히말라야시다가 있는데, 햇살이 황금색으로 입혀서 나는 소리 지르며 카메라 속에 넣었다. 내가 기억하기에는 월정사 앞의 전나무보다 키가 큰 것으로 보였으니 국내에 자라고 있는 나무 중에는 제일 키 큰 나무가 아닐까 생각한다. 나이 많은 벚나무도 햇살에 붉은 옷을 입고 우리에게 벚꽃이 만개할 때 꼭 다시 오라고 한다. 오늘도 차박하고 이른 아침에 만나는 아름다운 풍광이 있는 곳 모두가 나의 정원이다. 나는 부자다. *(2020년 11월 30일)*

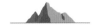

청도 팔경 중 첫 번째 공암풍벽

'공암풍벽'이 청도군의 팔경 중에 첫 번째라는 것을 최근에 알았다. 그간 수없이 운문댐 주변을 돌아다녔는데 몰랐다. 나무들은 잎을 모두 떨어뜨리고 가지만 남아 겨울의 찬바람을 피해 가는 앙상한 12월이다. 차박을 다니면서 지금이 자연의 아름다움이 가장 떨어지는 시기라 생각했고, 겨울의 물안개 피어오르는 호수를 만나고 싶었다. '공암풍벽' 내비게이션을 켜니 74km가 나왔다. 언양을 거쳐 운문댐을 돌아서 공암리 마을로 들어가 사람이 살고 있지 않은 마당에 주차하고 차박에 들어갔다. 기온은 영하로 내려갔지만 구름 한 점 없는 밤하늘은 별들이 반짝이고 있었는데, 아내는 쉽게 잠이 들지 않는지 뒤척이고 있었다,

차 유리를 내리고 잤는데, 유리 안과 밖에 성에가 하얗게 얼어붙어 밖이 보이지 않는다. 얼음을 일부 제거하고 차를 마을회관으로 이동하여 주차하고 이정표를 따라 공암풍벽으로 산책을 시작했다. 산책로 데크를 만나면서 운문호가 보였는데 낮은 기온으로 물안개가 피어오르고 있어 장관을 연출하고, 멀리 산허리에는 운무가 피어있었다. 데크를 따라 오른쪽은 바위가 커다란 병풍을 펼치고 있어 감탄사가 저절로 나왔다. 이렇게 아름다운 길을 걸으며 아침을 맞이하는 오늘이 행복하다. 마지막으로 풍벽휴게 전망대에서 차를 마시면서 상상으로 봄과 여름 가을을 그려본다. 앞으로 세 번은 더 찾아야 할 것 같아 아내와 내년에는 봄, 여름, 가을에 꼭 다시 오자고 약속했다.

오리 다섯 마리가 헤엄치며 놀고, 태양이 산 위로 올라서니 물속의 산에도 태양이 솟아오른다. 펼쳐놓은 병풍바위에는 소나무가 어울려서 한 폭의 동양화를 그리고, 운문호는 산을 물속에 담고 물안개를 피우고, 산허리에 머무르는 운무는 운문호와 어울려서 또 다른 수채화를 펼쳐놓는다. 전망대에서 동양화와 수채화를 머릿속에 가득 넣고 공암풍벽을 떠나왔다.

공암마을을 벗어나 운문댐을 돌고 돌아 집으로 달렸다. 수많은 펜션과 캠프장이 계곡마다 자리하고 있었지만, 왠지 쓸쓸해 보였다. 공암풍벽과는 너무나 색다른 느낌이다. 아마도 이 겨울에 찾는 이 없는 손님을 간절히 기다리는 마음이 내 생각 속으로 들어온 것 같다. 옹강산과 지룡산 쌍두봉을 지나 운문 터널을 통과하니 다음은 어느 정원으로 차박을 갈까 벌써 장소를 찾고 있었다. *(2020년 12월 23일)*

아내의 부상 119 헬기 이송

뉴스에서 강원도에 폭설이 내렸다는 보도를 들었고, 울산 주변의 산에도 많은 눈이 내렸다. 가게를 마치고 운문령에 올랐더니, 도로에는 눈과 얼음이 없고 날씨는 포근하였다. 읽어 주는 독서를 들으며 새벽 한 시가 지나서 수면으로 들어갔다.

06시 30분경 차 유리 밖으로 동쪽 하늘을 보니 불그스레한 것이 해가 뜰 것 같았는데, 구름 한 점 없는 하늘에는 반달이 빙그레 웃고 있었다.

서둘러 장비를 챙겨 임도를 따라 산을 올랐다. 산은 온통 하얀 이불을 덮고 있었지만, 나뭇가지에는 눈이 한 톨도 붙어있지 않았다. 오를수록 가지마다 투명한 구슬을 달고 있어 아내의 감

탄사가 구슬에 매달렸다. 지름길인 등산로가 임도 사이사이 있었지만, 우리는 느리게 임도로만 오르면서 상고대의 세상 속으로 감탄사를 발하며 산책을 이어갔다. 멀리 영남 알프스는 산꼭대기마다 눈꽃이 피어 봄 햇빛에 찬란하게 빛나고 있었다. 귀바위 아래를 지나가니 이제는 모든 나무가 크리스털이 되어 아침 햇살에 반짝였다. 아내는 수백 번의 감탄사를 질러 이제는 목소리가 나오지 않는다고 했지만, 높이 오를수록 상고대의 아름다움은 우리를 환상의 세상으로 깊숙이 몰고 갔다.

상운산 오르는 들머리 임도에 조망이 탁 트인 데크에서 커피를 마시며 빵을 먹었다. 아름다운 설경을 바라보며 이번 겨울의 마지막 설국에 우리는 흠뻑 취했다. 산에서 내려가려고 아내가 한걸음 먼저 출발했다. 아내는 몇 발자국도 옮기지 않았는데 길에서 넘어졌다. 곧바로 눈을 털고 일어날 줄 알았는데 일어나지 않아 다가가서 괜찮냐고 물었더니 아내가 넘어질 때 다리에서 뚝소리가 나면서 부러진 것 같다고 했다. 조심스레 만져보니 통증이 심하였다. 아내에게 기다리라 하고, 쌀바위로 달렸다. 이른 아침에 차가 올라가는 것을 보았기에 아내를 후송하려고 했는데, 차주인은 가지산 정상에서 장사하는 분의 차량이었다. 조급한 마음에 다시 산을 달려 내려가서 아내 있는 곳에서 119에 구조요청을 하였다.

일각이 여삼추였다. 다행히 눈 덮인 산은 봄 햇볕에 따뜻했다. 119 구조대원에게 전화가 오고 우리가 있는 곳 위치를 알려주었다. 가지산 106이란 지지 푯말이 바로 옆에 있었다. 아내는 눈길에 비스듬히 누워서 최대한 움직이지 않고 구조를 기다렸다. 나의 배낭에는 아이젠도 있었고 스틱도 있었다. 눈길이었지만 길의 경사가 완만하여 아이젠을 착용할 필요를 느끼지 않은 임도였는데, 막상 넘어져 사고가 나니, 나의 마음에는 만감이 교차하였다. 구조대원을 기다리는 동안 아내는 최대한 움직이지 않아야 했다. 눈길에 모자와 배낭을 깔아서 찬기가 올라오지 않도록 조치하고 기다리는데, 일 초 일 초가 여삼추였다.

구조대가 운문령에 도착하였다고 전화가 오고 10여 분 있으니 구조 차량 두 대가 도착하였다. 대원들은 신속하게 아내의 다리에 붕대를 감고 들것에 옮겨서 데크 위로 이동했다. 아내의 상태를 점검하더니 헬기로 수송하는 것이 부러진 다리에 충격이 가지 않고 좋겠다고 즉시 헬기를 불렀다. 헬기까지 부른다니 조금은 의아했지만, 구조대원의 설명에 이해가 갔고, 아내에게는 최선의 방법이란 생각에 고마운 마음으로 기다리니 울산 헬기는 점검 중이라 부산에서 헬기가 온다고 했다. 헬기가 오기를 기다리며 아내가 추위를 느낄까 봐 구조대원 한 분이 자신의 재킷을 벗어서 덮어주었다. 헬기는 환자 한 사람만 탑승할 수 있다고 하여 구조대원에게 아내를 남겨두고 산을 달려 내려갔다. 운문령에서 차로 도로를 달리면서 헬기가 지나가나 하늘을 쳐다보며 울산대학병원에 도착하니 때마침 옥상에 헬기가 도착하였다.

　우리가 살아가는 시간 속에 사고는 언제 어디에서나 일어날 수 있다. 위험한 곳에서는 방심이 사고를 불러오기도 하지만, 생활 속에서는 우연히 사고를 당할 수도 있다. 나는 사고 인지는 잘하는 것 같아서 큰 사고를 피해 가는 일이 여러 차례 있었다. 그런데 오늘 아내의 다리가 부러져 눈길에 누워있는 모습을 보면서 나의 마음은 찢어지는 듯이 쓰라렸고, 아내가 너무나 왜소하게 보여 아주 안쓰러웠다. 함께 인생을 살아온 지가 37년이다. 여행하고 산책하는 것을 우리는 좋아해서 최근에 차박과 산책을 많이 즐겼다. 아내의 다리가 완쾌되면 아름다운 금수강산을 손잡고 더 많이 돌아다녀야겠다는 다짐을 했다. *(2021년 3월 3일)*

이팝나무 가로수 길

길거리의 이팝나무 가로수가 순백의 꽃을 피우고 봄 인사를 하고 있다. 누구를 기다리기에 온종일 저렇게 미소를 짓고 있을까? 나를 기다리는 밀양 위양지의 이팝 꽃을 만나려고 밤을 달려 위양지 주차장에 들어가니 밤 열한 시였다. 호숫가의 나무들은 검은 잠옷을 입고 잠들었는데, 밤하늘에는 반달과 별들이 어서 오라고 반긴다. 가벼이 인사를 나누고 나도 검은 잠옷으로 들어갔다.

창밖은 아직 어두운데 차들이 줄지어 주차장으로 들어오고, 모두 커다란 카메라를 들고 호숫가로 이동하였다. 우리도 잠을 쫓아내고 호숫가로 산책하러 나갔다. 물 위에는 물안개가 연기처

럼 피어오르고, 정자 주변의 이팝나무가 순백의 미소로 아침을 맞이하고 있었다. 아내와 나의 입에서 감탄사가 잔잔한 호수의 물 안개처럼 피어났다. 호숫가의 산책로를 따라 천천히 걸어가며 위양지의 아름다움에 우리는 깊숙이 빠져들었다. 수많은 사진작가가 각자의 포인트에서 카메라를 고정하고 위양지의 이팝 꽃과 물 안개를 촬영하고 있었다. 호수를 한 바퀴 산책하고 호수 속 정자가 있는 벤치에 앉아 차를 마시며, 피어오르는 물안개처럼 우리들의 행복도 피어나고 있는 것을 보았다.

밀양댐에도 운무가 피어있을 것이란 상상에 내비게이션을 켜고 달렸다. 표충사 들어가는 길목에서 밀양댐으로 달리니 가로수가 모두 이팝 꽃을 피우고 반긴다. 이렇게 아름다운 이팝 꽃길이 있을 것이란 생각도 못 하고 왔는데 수천 그루의 가로수가 순백의 미소를 짓고 우리를 반겼다. 밀양댐의 전망대에서 떡과 차를 먹고, 배내골로 달리니 아침 햇살에 반짝이는 가로수 나뭇잎들이 찬란했다. 지나가는 산허리에는 연초록의 신록이 벌써 오월을 노래하고 있었다.

하루를 시작하면서 오늘처럼 아름다운 자연을 만나 감탄사를 쏟아내고 살아가는 차박과 산책은 내 삶의 특미다. 코로나로 삶이 위축될 수 있지만, 나는 사람이 움직이지 않는 시간대를 이용하여 아내와 수많은 차박과 산책을 즐기며 살아간다. 세월은 쉬지 않고 흘러가기 때문에 내일도 차박과 산책을 떠날 것이다. 그곳에는 내가 좋아하는 아름다운 자연이 있기 때문이다. *(2021년 5월 3일)*

시(詩)
어느 부부의 사랑 이야기

울산시 동구 일산해수욕장에 있는 식당
한쪽에는 작은 놀이터가 있다
점심시간이 끝나갈 무렵
부부는 이곳에서 망중한을 갖는다

인생은 소풍이다.
함께 그네를 타는 것이다.

동심으로 돌아간 소박하고 꾸밈없는
부부의 사랑 이야기는
세월의 깊이만큼
더욱더 깊게 익어가고 있다

Chapter 3

내 행복의 울타리 가족

아들 결혼식 피로연

아들이 배필을 만나 상견례를 하면서 결혼식을 광주에서 올리기로 합의하였다. 결혼식 일주일 전에 내가 운영하는 식당에서 피로연을 열어 지인들이 먼 길을 오시지 않도록 우리가 인사드리기로 했다

가게 주차장에 더파티 출장 뷔페를 불러서 음식 준비를 하고 천막을 쳐서 약 50석 정도의 테이블도 설치했다. 가게의 데크와 홀 사이에 단상을 만들고 뒷벽에 웨딩사진을 크게 현상하여 부착하였다. 집에 소장하고 있는 히말라야산맥 사진도 10여 점 식당 내에 배치했다.

오후 5시부터 식사할 수 있도록 준비를 하였으며 음향기기를

소장하고 있는 고등학교 후배가 와서 사전에 설치하였다. 오후 4시가 지나면서 지인들이 한두 명씩 모여들기 시작하여 5시를 조금 지나 음식을 먹을 수 있도록 준비하고, 나는 아내와 아들과 며느리와 함께, 찾아와서 축하해 주는 지인분들에게 감사의 인사를 올렸다.

다행히 바람도 잦아들고 기온도 차갑지 않아 날씨까지 축하해 주는 것 같았다. 많은 축하객이 주차장의 테이블과 홀, 데크에 자리하여 음식과 술을 드시면서 축하를 해주었다.

저녁 6시 30분경 감성스피치 맹물 강사 이소희 씨의 사회로 1부 행사는 하태열 씨가 팬플루트 축하 연주를 하고 나와 아내를 비롯한 가족이 친지들과 하객에게 감사의 인사를 드리고 신랑 신부도 인사를 올렸다. 다음은 딸과 사위가 동생 결혼 축가에 맞춰 기타를 연주하면서 불렀는데 깜찍한 외손녀가 짤짤이를 양손에 들고 노래가 끝날 때까지 열심히 흔들어 하객 모두의 귀여움을 받았다. 이어서 죽마고우가 천생연분을 불러 잔잔한 감동을 주었으며, 김영자 국악팀이 다른 행사를 마치고 달려와서 민요를 불러서 잔치의 흥을 가게 가득가득 채워서 모두 손뼉을 치며 흥겨워 어깨춤을 덩실덩실 추었다. 사회자의 잔잔한 시 낭송 후에 우리 가족 모두가 합창으로 '사랑으로'를 부르고 1부 행사를 마쳤다.

귀한 걸음을 하여 축하해 주신 분들에 감사하다고 자리를 돌면서 인사를 드리다 보니 빈속에 한두 잔 마신 술이 거나하게 취했다. '삶의 즐거움이 이런 것이구나' 하는 생각이 들면서 무한한 행복을 느꼈다.

2부 행사로 외사촌들도 노래 부르고 친구들도 노래 부르고 형제들도 노래 부르고 흥에 겨워서 춤의 꽃들이 가게에 활짝 피어서 아름다웠다. 밤 9시 30분경 2부 행사를 마치면서 멀리 떠나는 축하객에게 감사의 인사를 드리고 서울에서 달려온 사촌들 숙소를 잡아드리고 김해에서 올라와 스크린 골프를 하고 있는 곳에 가서 마지막 인사를 했다. 모두 떠난 가게에 홀로 앉았으니 '인생무상이로구나, 이 모두가 지나가는구나!'하고 느꼈으며, 1주일 후에 광주에 가서 결혼식을 올려서 아들과 나의 인연에 한 매듭을 지워야 한다는 생각이 들었다. *(2018년 6월 16일)*

아들 결혼식

새벽 5시에 핸드폰 두 개와 알람 시계까지 맞추어 놓고 개구리 수면에 들어갔는데 아내와 나는 알람이 깨우기도 전에 눈을 떴다. 아내는 머리를 꾸미러 미장원으로 가고, 나는 미리 준비한 물과 술안주 등을 챙겼다. 주문한 떡이 도착하고 이곳에 사는 처남 가족이 도착했다. 아내가 머리를 이쁘게 손질하고 도착하였으며 전복죽도 배달되었다. 리무진 버스가 가게까지 들어와서 모든 짐을 싣고 아침 7시 전에 출발했다. 누나에게 전화하여 남구에서 포항 사는 여동생 내외까지 탑승하고, 다음은 구삼호교 다목적 광장에서 사촌들과 형수 조카까지 탑승하니 19명이 되었다. 남해 고속도로를 달리다 함안휴게소에서 부산 사는 여동생 내외가 탑승하여 21명을 싣고 광주를 향해 달렸다.

모두 아침을 먹지 못했기에 준비한 전복죽과 떡으로 이동하는 버스 안에서 요기했다. 부족한 수면 때문에 눈이 따가웠다. 광주 시내로 들어가 예식장에 도착하니 12시였다. 며느리가 형부와 통화하여 식장 1층 로비에서 만나 식권을 받기로 약속하고 우리는 버스 안에서 양복과 한복을 갈아입고 들어가니 먼저 서산에서 장모님과 처가 가족이 도착하였다. 식권을 배분하여 예식 전에 먼저 식사하도록 하고 아내와 나는 식장을 둘러보고 신부대기실에 가서 아들과 혜련이를 만났다.

식장 입구에서 안사돈과 사돈 가족을 만나 인사를 나누고 식당으로 내려가서 먼저 식사하는 가족에게도 다시 인사했다. 아내와 나는 과일 몇 조각을 먹고 식장 입구로 와서 대기하니 전주에 사는 친구 내외가 찾아왔고 인천에 사는 처 고종사촌 형님 내외, 포항 사는 육촌 동생 가족, 경주 사는 사촌 동생 내외분 등 피로연 때 오시지 않은 지인들이 먼 길 마다하지 않고 찾아와서 축하해 주었다. 서울에서 딸과 사위 이쁜 외손녀 소윤이도 내려와서 나의 품에 안기니 행복이 가득 안겼다.

예식이 시작되어 혼주석에 앉아 하객들을 감사하는 마음으로 바라보고 있는데 신랑 신부가 동시 입장하면서 식이 진행되었다. 혼인 서약은 신랑 신부가 함께 낭독하고 내가 단상에 올라가서 축사 겸 덕담을 하였다. 이어서 혜련이 작은 아버님께서 덕담하시고 준형이 친구의 축가와 혜련이 조카가 춤으로 축하 공연을 하였다. 기념촬영을 하고 폐백실로 이동하여 사돈 식구들과 우리 형제들이 인사를 나누고 신랑 신부가 친구들과 기념촬영을 마치고 도착하여 폐백을 받았다. 사돈네 가족은 피로연 관계로 먼저 양해를 구한 후 나가고 우리는 조카들까지 폐백을 하고 밖으로 나오니 처가에서 오신 분과 타지에서 오신 모든 하객이 떠나고 인천에서 오신 처 고종사촌 형님 내외분이 우리를 만나고 가려고 기다리고 있었다.

버스에 도착하니 사돈이 모싯잎 송편과 과일 등을 도시락으로 포장하여 차에 실어 둔 것이 보였다. 어제 혜련이에게 우리가 버스 안에서 먹을 모든 음식을 준비하였으니 준비하지 말라고 전화를 했는데 사돈은 먼 거리를 달려오는 우리에게 그냥 보낼 수가 없었는지 준비하여 약간은 부담스러웠다. 아내와 나는 점심을 먹지 못하였기에 허기진 배를 모싯송편으로 채우고 출발하여 담양으로 갔다. 담양의 죽녹원에 들어가 대나무 공원을 산책하고 다시 소쇄원으로 이동하여 숲길을 산책했다. 딸이 챙겨 온 폐백 음식을 버스에 옮겨 싣고 외손녀와 헤어져 벌교읍에 예약된 외서댁 꼬막 정식 식당으로 갔다. 개인 차량으로 이동한 가족과 함께 꼬막 정식으로 저녁 만찬을 했는데 오늘이 형수님 생신이라서 케이크를 준비하여 축하 파티도 함께 했다.

기분이 좋은 날이라 몇 잔의 술을 마셨더니 행복하다. 울산으로 돌아오는 길에 모두 피곤한지 수면으로 차 안이 조용했다. 지나온 삶을 되돌아보니 참으로 멋지고 행복한 인생을 살아왔다는 생각이 들었다. 이해심 많고 배려심 많은 아내를 만나 편안한 삶을 살았으며 아이들도 속 한번 썩이지 않고 잘 자라서 적당한 때에 혼사도 모두 치렀다. 장사하면서 육체적으로는 힘은 들었지만, 27년간 크게 불경기도 없이 살아오면서 금전적으로 생활이 어려워 본 일도 없었다. 지금은 내 건물에서 장사하니 요즘 같은 불경기에도 마음이 편하다.

지나온 삶에서 나에게 가장 소중한 것은 내가 좋아하는 산과 늘 함께하면서 살아왔다는 것이다. 오 대륙 최고봉을 올랐고, 여러 차례의 히말라야 고봉 등반과 남극 탐험까지 하였으니 멋진 나의 지난 삶이었다. 지금은 한국 나이로 62살, 지난해에는 회갑 피로연까지 가족들과 친구의 축하 속에 파티를 즐겼으니 세상에서 부러울 것이 아무것도 없었다. 나이 들어 가장 중요하다고 하는 건강도 현재는 무탈하니 또 다른 꿈을 가지고 남은 생을 살아갈 것이다.

나는 오늘 덕담하면서 준형이와 혜련이에게 부부는 일심동체이니 오늘부터 너희들은 둘이 아니고 하나이니 무한한 사랑도 해야 하지만, 이해도 하고 베풀기도 해서 세상에서 가장 아름답고 행복한 일심동체가 되라고 했다. 인생은 한 편의 드라마이니 드라마의 멋진 주인공처럼 주인공인 삶을 살라고 했다. 어느덧 버스가 울산에 도착하여 형제들과 이별하고 처남댁과 집에 도착하니 날짜가 바뀌려고 했다. *(2018년 6월 23일)*

거울아, 세상에서 누가 제일 예쁘니?

(2018년 8월 27일~9월 4일)

딸이 회사 업무로 미국 출장을 떠나면서 외손녀를 우리 집에 데려다 놓았다. 다섯 살인데 엄마가 외국으로 출장 가는 것을 인지하는 것 같아서 기특했다. 아침에도 일어나서 거실에서 기다리고 있는 나에게로 걸어 나와서 안겼다. 외할머니가 사준 옷을 입고 양말과 신발을 신고 머리띠까지 착용하고 포즈를 취했다. 포즈도 다양하다. 나는 외손녀가 이뻐서 몇 장의 사진을 찍고 손거울을 보고

"거울아 거울아 세상에서 누가 제일 예쁘니?"

물으면 외손녀와 나는

"박소윤"

하고 같이 소리치고 마주 보며 웃었다. 외손녀가 좋아하는 장난감 인형을 가지고 온갖 이야기를 만들어 놀다 가게로 내려가서 밥을 먹었다.

바다에 가서 모래 장난을 하고 물에 들어가서 물장구를 치고 놀다, 가게에 와서 할머니랑 집에 가서 씻고 원피스를 입고 반짝이 신발을 신고 목걸이까지 하고 내려와서는 패션쇼를 했다. 허기가 지니 "나 충전해야 하는데" 하며 배고픈 자기표현을 했다. 가게에서 놀다 집이 3층이라 계단을 오르다 힘이 드니 밟히지도 않는 옷을 핑계로 옷이 밟혀서 못 간다고 멈추었다. 나는 모른 체하고 "소윤아 어떻게 하면 좋아?"라고 말하니 안고 가면 되지 한다. 안고 계단을 올라가는 나에게 귓속말로 "나는 할아버지가 좋다"

라고 속삭이니 어느 할아버지가 귀엽지 않을 수 있을까!

낮에는 나와 놀고 밤에는 할머니와 시간을 보내다 잠이 드는데 대체로 음식을 잘 먹어서 좋다. 어느 날 밤에는 자다 꿈에서 엄마를 만났는지 잠결에 일어나서 엄마를 찾으며 울음보를 터뜨

리는 것 외에는 울지 않아서 좋다.

일주일이 지나고 주말에 아빠가 오자 할아버지 할머니는 쳐다
보지도 않고 아빠 품에 찰싹 안겨서 외면하더니 아빠랑 집에 간
다고 했다.

때로는 생각 밖의 말을 할 때도 있어 놀라지만, 어떤 의사를
물으면 "생각 주머니를 열어보고"라고 답변할 때는 깜찍하다. 장
난감을 사고 싶을 것인데 착한 일을 해서 착한 스티커 열 개를 모
아야 살 수 있다고 한다. 어떤 물건을 사도 한 개만 사고 두 개를
살 때가 없어 기특하다. 또래의 다른 아이들과 섞어 놓으면 특별
한 것도 없는데 외손녀와 둘이 있으면 영특하고 이쁘다.

외손녀와 생활하면서 나의 외부활동을 모두 단절하고 살았
다. 내 삶에 이런 날이 또 있을까 생각하니 행복하고 외손녀가 고
맙게 느껴졌다.

한가위 가족 나들이

(18년 9월 24일~26일)

아내와 나는 지난해 회갑이었다. 딸과 아들이 회갑 기념으로 해외 나들이를 기획했지만, 우리 시간이 허락하지 않아서 이번 한가위 연휴를 맞아서 일본 오키나와로 가족 여행을 떠나게 되었다. 이틀 전에 서울에 사는 아들 내외가 울산으로 내려오고 딸 내외는 부산 시댁으로 갔다. 출발 시간이 아침 8시여서 공항 주변의 호텔에서 하루 전에 숙박했으며 아들 내외와 맥주를 한잔하면서 여행이 시작되었다.

아직 어둠이 남아 있는 시간에 호텔에서 운행하는 차량으로 국제공항으로 이동하여 가방을 부치고 인터넷으로 티켓팅을 마쳤다. 환전과 핸드폰 로밍을 하고 출국 수속을 밟고 사돈 내외와 딸 내외를 만나서 인사를 나누었다. 다섯 살 된 외손녀가 나의 품에 꼬옥 안긴다. 여행 중에 마실 양주 두 병을 구매하고 외손녀랑 이곳저곳을 둘러보면서 나는 "소윤이가 제일 이쁘다." 하니 외손녀가 "나는 원래 할아버지가 좋다"라고 귓불에 속삭인다. 기다리는 시간에 커피 한잔 마시고 8시 5분 진에어 항공편으로 구름 속으로 이륙하였다.

지난날에 부모님을 모시고 해외여행을 다녀온 지가 엊그제 같

은데, 오늘 아이들이 성장하여 우리 회갑 기념 여행을 떠나니 세월의 빠름을 느끼며 감회가 새롭다. 행복하다. 아들딸과 사위 며느리 사돈 내외와 외손녀가 함께 가는 여행이라서 더욱 행복하다. 흰 구름 속을 날아가는 비행이 천국으로 날아가는 것 같

다. 약 2시간의 비행 후 오키나와 공항에 도착하니 기온이 높고 습하였다.

렌터카 회사 버스로 5분 정도 이동하는데 지나가는 소나기가 환영 인사를 한다. 여행의 꽃은 날씨인데 비는 반갑지 않은 손님이지만, 내가 다스릴 수 없는 것이라 순응한다. 새벽부터 이동하여 아침을 제대로 먹지 못했더니 배가 고프다. 아들과 사위가 랜트한 차를 운전하고 딸이 인터넷으로 수집한 정보로 도심 속의 주차장에 주차하고 약 10여 분간 걸어서 돼지고기 샤부샤부와 튀김을 전문으로 하는 식당으로 들어갔다. 배도 고프지만, 샤부샤부로 먹는 돼지고기와 부위별로 튀긴 돼지고기 튀김이 별미이면서 맛있다. 포만감으로 거리를 산책하다 소문난 아이스크림 가게에서 맛난 아이스크림을 후식으로 먹었다.

다시 차량으로 30여 분 이동하여 아메리칸 빌리지에 갔다. 오키나와는 2차 대전 후 미국기지가 있어 아메리칸 빌리지라는 쇼핑몰이 형성되었다. 가격이 저렴하면서 다양한 기념품들이 여행객을 즐겁게 한다. 우리도 쇼핑을 즐기다 작은 해수욕장에서 휴식하고 다시 느긋하게 쇼핑했다. 한 번씩 지나가는 소나기가 더위를 식히는 듯한데 몸은 후덥지근하다.

도심을 벗어나서 40여 분을 달려서 예약한 에어 비엠비에 도착하여 3층 테라스에 올라가니 석양과 어우러진 경치가 환상이라는 표현 이상의 경관이다. 숲과 바다 구름에 붉은 색칠을 한 석양의 아름다움에 새벽부터 설친 여행의 피로가 사르르 녹아버린다. 모두 감탄사와 사진 찍기에 여념이 없다. 파도가 그리는 흰 티가 어둠 속으로 사라지고 우리는 저녁을 먹기 위해서 가까운 식당을 검색하여 철판요리를 먹으려고 찾아갔는데 예약을 하지 않아서 한 시간은 기다려야 된다고 했다. 가까이에 있는 다른 식당을 찾아갔더니 그곳도 만석이라 30분 이상은 기다려야 된다고 했다. 거리에 사람도 붐비지 않는데 조용한 도심에 어디에서 이렇게 많은 사람이 찾아오는지 궁금했다.

지나가는 소나기가 한바탕 부산을 떨고 우리가 들어간 식당은 21시까지만 주문을 받는다고 했지만, 음식 주문을 하고 기다리고 있는데 일본 전통 음악을 하는 연주자 두 분이 전통악기를 연주하며 노래를 불렀다. 뜻밖의 행운이었다. 연주가 끝나고 박수는 쳤지만 생소한 악기와 노래가 감미롭게 느껴지지는 않았다. 네 분은 쇼핑하러 가고 나는 사돈과 아들 내외와 숙소에 들어와서 잔에 양주와 정을 담아 마시며 여행 첫날밤을 즐겼다. 쇼핑 갔던 사람들이 귀가하여 함께 즐기다 모두 자러 가고 나는 아들과 옥상의 테라스에 가서 구름 속의 달님과 어둠의 이불을 덮은 바다를 벗으로 삼아 부자간의 야화를 피웠다.

9월 25일

아침 7시경 아내와 둘이 옥상의 테라스에서 모닝커피를 마시며 아름다운 풍광을 추억의 항아리에 담았다. 아들 내외가 요리한 계란 프라이와 빵, 우유로 아침을 먹고 수상공원으로 출발했다. 약 한 시간 20분 정도 달려 수상공원에 도착하니 빗방울이 가볍게 인사를 한다.

열한 시에 돌고래쇼가 있어 서둘러 공연장에 찾아가니 많은 사람이 넓은 좌석을 꽉 채우고 있었고, 빈자리를 찾아 앉으니 곧바로 공연이 시작되었다. 네 명의 조련사들이 돌고래와 하나가 되어 각종 묘기를 연출하니 박수와 감탄사가 메아리치며 공연이 끝났다. 아시아 최대의 수족관 관람을 했는데 인산인해다. 모든 관람객이 핸드폰에 담느라 관람 진행 속도가 느리다. 아름다운 옷

을 입은 고기들이 헤엄을 치며 가까이 다가오니 바닷속의 또 다른 세상을 상상하게 한다. 초대형 수족관에는 약 5m 크기의 고래와 각종 고기들이 여유롭게 수영을 즐기는데 왠지 답답한 고기들의 삶이 느껴졌다. 한 시간 정도 관람하고 수족관 밖에 모이니 모두 배고파한다.

소바집을 검색하여 내비게이션의 안내에 따라 20분 정도 이동하여 찾아가니 한적한 시골길에 있는 식당으로 안내하였다. 식당 내에는 이곳에서 식사하고 기념촬영을 한 많은 방문객의 사진과 유명인사의 사인인 듯한 사인들이 벽면을 빼곡히 차지하고 있었다. 삼겹살 소바와 갈비 소바를 곱빼기로 주문하였다. 육수와 고기는 미리 제조하여 놓은 듯 음식이 금방 나왔다. 고기와 육수 맛은 괜찮은 편이나 면의 맛이 설익은 듯이 입안에서 부드럽게 씹히지 않았다. 식후 커피점을 검색하여 찾아갔더니 산속으로 안내했다. 전통가옥을 개조하여 만든 것으로 운치가 있었는데, 자리가 없었다. 다른 커피숍도 전통가옥을 개조하였는데 연인들이 선호할 것 같은 느낌의 가게였다. 차를 마시며 숲의 기운을 받고 코끼리 바위가 있는 해안으로 이동하는데 아들이 와이파이 기기를 커피숍에 두고 왔다. 코끼리 바위의 해안을 관광했는데 어딘지 제주도를 닮은 듯한 풍광이 정감이 가고 시원한 바람이 피로를 씻어주었다. 아들은 며느리와 와이파이 기기를 찾으러 가고 우리는 약 40분을 달려서 초대형 쇼핑몰에서 쇼핑했다. 나는 쇼핑에는 취미가 없어 시간이 지날수록 피곤해서 소파에 앉아 끝날 때까지 기다렸는데 아들 내외가 도착하여 쇼핑몰에서 저녁을 먹고 숙소로 귀가했다.

9월 26일

오늘은 아들 생일이다. 조금은 이른 아침 오늘도 아내와 옥상의 테라스에서 멋진 해안의 경관을 바라보면서 커피를 마시고, 모두 모여서 케이크에 촛불을 붙이고 다 함께 생일 축하 노래를 부르고 빵과 컵라면으로 간단하게 아침을 먹고 서둘러 공항으로 출발했다.

이동 중에 렌터카에 기름을 가득 채워서 반납하고 11시에 오키나와를 이륙하여 13시경에 김해공항에 내리니 피부에 닿는 기온이 시원하다. 딸 가족은 2시 40분 비행기로 서울로 가고, 사돈 내외는 본가로 가고 우리는 자갈치 시장으로 갔다. 서로 자기 가게로 들어오라고 소리치는데 활기가 넘쳤다. 우리는 전어와 전복, 새우를 구매하여 초장 집으로 갔다. 2층이라 자갈치 시장 앞바다를 눈 아래 펼쳐놓고 아들 생일을 축하하며 잔을 부딪쳤다. 지금까지 살아오면서 장사하느라 아들에게 제대로 미역국 한번 끓여주지 못해 미안했는데 오늘은 제대로 며느리와 함께 축하할 수 있어 행복이 바다를 가득 채우는 듯하다.

자갈치 시장과 국제시장을 구경하니 볼거리도 많고 군것질거리도 지천인데 배가 불러서 눈요기밖에 할 수 없었다. 국제시장의 유명한 유부초밥을 구매하고 커피를 샀는데 1L에 1,500원 했다. 두 잔을 싸서 한잔을 아내와 마시는데 커피양이 줄어들지를 않는다. 활기 넘치고 볼거리 많은 시장 구경이 정말 재미있었다. 다시 오고 싶은 관광이다. 아내가 운전하여 울산 오는 길에 아들 내외를 부산역에 내려주고 나는 길 안내를 하며 여행을 마무리했다.

어버이날

아무런 생각 없이 일과를 보내고 있는데 서울에 사는 아들에게서 전화가 와서 오늘이 어버이날이란 것을 알았다. 한참 뒤 사위에게서도 안부 전화가 왔다. 사위도 서울에 살고 있으니 평일인 오늘 울산까지 올 수가 없어 전화했다. 나는 요양병원에 누워 계시는 어머님을 생각하며 먼 옛날을 회상해보았다. 지금 내 나이와 비슷한 사람은 부모님께서 살아계신다면 90세 전후일 것이기에 돌아가신 분이 많다. 아마도 많은 사람이 고아이거나 반쪽 고아가 아닐까 하는 생각을 한다. 그래도 나는 부모님이 내 나이일 때는 차량으로 한 시간 거리에 살고 계시기에 카네이션을 들고 찾아가서 달아드리고 함께 시간을 보냈다.

식당을 운영하니 오는 손님들이 부모님을 모시고 오는 분도 있고, 부모님과 함께 먹는다고 포장하여 가시는 분도 있었다. 점심 장사를 마무리할 때쯤 지난해 내가 주례를 섰던 신랑이 케이크와 카네이션 화초를 들고 나타났다. 뜻밖의 만남에 너무나 반가웠다. 나의 자식들은 서울에 살고 있어 나타날 것이란 생각도 하지 않았다. 그래도 왠지 쓸쓸했는데, 신랑이 이제는 아이 아빠가 되어 나타났다. 우리는 데크에 앉아 커피를 마시며 수많은 대화를 나누었다. 대화라기보다는 내가 일방적으로 수다를 떨었다. 그런데 오늘 만난 사람 중에 아무도 가슴에 카네이션을 달고 있는 사람이 없었다. 나는 어머니 가슴에 카네이션을 달아드려야 하는데 오늘은 찾아뵐 수가 없다. 이제 남은 생은 침대를 벗어나지 못하고 생을 마감해야 하시는 어머님께 카네이션보다는 자주 찾아가서 어머님 가슴을 따뜻하게 해주는 것이 좋을 듯했다. 어버이날은 부모님을 잊고 살아가다 오늘만이라도 한

번 더 부모님을 생각하자는 의미가 있는 날이라 생각하지만, 나는 365일이 모두 어버이날이란 생각을 한다.

서른 즈음에 아이들이 유치원 다닐 때의 어버이날이 가장 행복했던 것으로 기억된다. 유치원에서 카네이션을 그려서 이른 아침에 가슴에 달아주었고, 나는 부모님을 찾아가서 카네이션을 달아드리고 함께 식사도 했었기에 그때가 가장 즐거웠던 어버이날이 아니었을까? 아이들이 서울에서 직장생활을 하니 올 수도 없고, 나는 기다리지도 않았다. 그래서 나는 어버이날을 잊고 살았는지 모르겠다. 하지만 나는 반쪽 고아이지만 살아계시는 어머님께 365일을 어버이날처럼 잘해드려야겠다고 생각해 보았다. 어버이 없이 세상에 태어난 사람은 아무도 없다. 내가 어버이가 되고 보니 자식은 세월을 같이 하는 친구가 되어주는 것이 가장 좋을 듯하다. 일과를 마칠 무렵 밤 11시경 딸에게서 전화가 왔다. 지금 퇴근하면서 어버이날이 바뀌기 전에 전화를 드린다고 했다. 그래도 고맙다. 어버이날이라고 딸의 목소리를 들을 수 있어서 좋았다. *(2019년 5월 8일)*

이별 앞둔 어머니

어머님은 입에 거즈를 덮고 가쁜 숨을 쉬고 있다. 멍하니 바라보는 마음이 답답하여지며, 눈앞이 어지러워진다. 간병인이 거즈에 물을 뿌려서 마른입에 수분을 공급하니 어머님은 물 묻은 거즈를 한두 번 입술을 달싹이며 수분을 섭취하는 듯하다. 아무것도 할 수 없는 안타까운 마음에 어머님 가슴을 쓰다듬고 머리를 어루만진다. 무엇을 도와드려야 하는지 모르고 안타까운 마음만이 먹구름처럼 가득하다.

담당 의사를 만났더니 어쩌면 오는 밤을 넘기지 못할지도 모른다는 말씀에 형제들의 단톡에 현재 어머님의 위급한 상황을 알리고 떨어지는 눈물을 애써 참고 어머님을 바라보니 눈을 잠깐

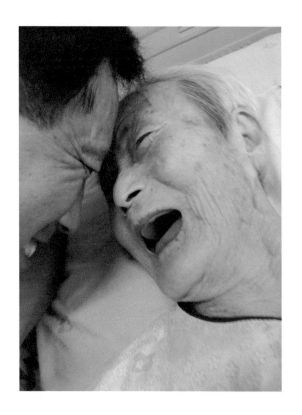

뜨시고 나를 멀뚱히 바라본다. 순간 나는 어머님의 작별 인사인
가 하는 생각에 또 어머님을 불러 보지만, 눈을 뜨시지 않는다.

아내가 오고 형수님이 오셔서 어머님 손을 잡고 불경을 외우
시는 모습이 형수님의 안타까워하시는 마음이 어머님께서 덮고
있는 이불속으로 파고든다. 아내는 나와 같이 안쓰럽고, 애타는
마음에 좌불안석이고, 이어서 누님께서 매형과 함께 오셨다. 누님

은 낮에 오셨다가 제주도 여행 일정을 취소하고 다시 오셨고, 큰 조카 작은 조카 질부가 왔다. 어머님은 고통스러운지 몸을 부르르 한 번씩 떨었지만, 호흡은 더 거칠어지지는 않는다. 어머님께서 고통스러워하시는 모습을 계속 바라볼 수 없어 병실 밖을 들락날락한다. 나의 마음은 이왕 가셔야 할 길이라며 고통을 덜 받고 가시라고 기도를 한다. 회사 퇴근하여 막냇동생이 도착하고, 포항에서 여동생 내외가 도착하여 모든 형제의 안타까워하는 마음은 병실을 가득 채우지만, 어머님은 계속 가쁜 숨만 몰아쉰다.

수많은 사람의 죽음을 보아왔지만, 모두 숨을 거둔 뒤의 모습이었는데, 지금처럼 고통스러워하며 죽음의 길로 가는 모습은 처음 함께하고 있다. 지금 내 나이도 예순셋이니 결코 적은 세월을 살아왔다고는 할 수가 없다. 그래도 지난 세월은 모두가 찰나여서 금방 지나온 것 같다. 어머님을 보고, 형제들을 보니 모두의 얼굴에 주름들이 세월만큼이나 그려져 있는 듯하다. 삶에서 소중한 것을 잃는다는 것은 큰 슬픔이다. 형님과 젊은 나이에 이별하고, 아버님과도 몇 년 전에 이 병원에서 이별하였다. 그러다 보니 나도 떠나야 할 날이 눈앞에 다가온 듯하다.

우리의 삶이 순간인 듯하지만, 자연의 순리이니 받아들이지 않을 수가 없다. 오늘 죽음을 가까운 시간에 두고 있는 어머님께 찾아온 가족들도 마지막 이별인 듯하여 어머님과 눈이라도 마주

치려고 불러 보지만, 삶이 고통스러우신 어머님은 우리가 과연 소중할까?

시간이 우리를 변화시킨다. 금방 숨을 거둘 것 같은 어머님께서 조금은 진정되어 나는 집에 가서 저녁을 먹고 아내와 다시 병원에 오니 형수님도 다시 병원에 오셨고, 누님과 포항 여동생 내외는 귀가했다. 이제는 어머님께서 주무시는 듯하여 막냇동생이 어머님 곁을 지키고 내가 새벽에 병원에 와서 동생과 교대하기로 하고, 우리는 병원을 떠나왔다. 고통스러워하시는 어머님을 머릿속에 지울 수가 없는 밤이다. 옆자리에 누워서 함께 잠자리에 드는 아내가 고맙다. 살며시 아내의 손을 꼬옥 잡아본다. *(2019년 11월 4일)*

아내의 생일

아내의 생일이 4월 30일이나 음력으로는 항상 29일까지 밖에 없다. 올해는 윤사월이 있어 30일까지 있으니 호적상 제대로 찾아온 생일이다. 그래서 나는 수일 전에 아이들에게 연락하여 너희들이 알아서 어머니 생일을 축하해 드리라고 했다. 22일 오후에 딸이 사위와 외손녀랑 저녁에 도착하여 늦은 밤에 케이크에 불을 붙이고 생일 축가를 불렀다. 일곱 살이 된 외손녀는 종이에

"할머니 생일 축하해요."

라고 쓰고 선물상자와 꽃과 고양이를 그려서 할머니에게 선물했다. 아내에게 가장 좋은 선물이다. 아이들이 모두 서울에서 살고 있다. 지난 설날에 보고 오늘 만났으니 외손녀가 얼마나 보고

싶었을까? 사실 나도 외손녀가 많이 보고 싶었다.

23일 아내와 딸 가족이 먼저 경주로 출발하고 나는 서울에서 3시경에 도착하는 아들을 만나서 아이들이 예약한 경주에 있는 신라 한옥 호텔로 이동했다. 넓은 들판에 지은 한옥 호텔은 펜션이라고 부르는 것이 맞을 듯하다. 독립된 한옥 한 채를 빌려서 우리 가족만 사용하게 되었으며 숯불을 피워서 고기도 구워 먹을 수 있는 시설이 구비되어있었다. 전망이 좋은 2층의 베란다까지 있었다.

먼저 출발한 아내와 딸 가족이 도착하여 기다리고 있었다. 커피

를 마시면서 잠깐의 휴식을 취하는데 외손녀의 재롱으로 웃음꽃이 한옥에 활짝 피어났다. 이번 나들이의 일정에 대해 나는 일절 관여하지 않기로 약속하고 아이들의 계획대로 따라가기로 했다.

경주에 요즘 뜨고 있는 황리단길을 찾아갔는데 코로나19로 거리두기 캠페인을 하고 있어도 인산인해였다. 주차장이 만차라서 먼 곳에 주차하고 쇼핑했다. 옛날에 지은 한옥을 구조변경만 하여서 다양한 가게를 꾸며놓고 찾는 사람의 눈과 마음을 즐겁게 해주었다. 옛날 추억이 있는 음식과 양식까지 모두 있었으며 한복을 빌려주는 가게도 여러 곳이 있었다. 거리는 예쁜 한복을 입은 아가씨들도 쇼핑을 즐기고, 외국 사람도 많이 거리로 나와 쇼핑하고 있었다. 옛날 한옥 속의 쇼핑거리는 한국의 옛날 모습을 보여주고 있어 더욱 의미가 있게 느껴졌다.

우리도 한옥 속의 상가에서 파스타를 시켜 먹고, 피자를 포장하고, 경주에서 유명한 황남빵을 선물로 구매하여 한옥 호텔로 돌아왔다. 호텔 직원이 숯불을 피워주어서 준비해 간 소고기를 구워서 늦은 시간 아내의 건배 제의로 축배를 들고 아름답고 행복한 밤을 즐겼다. 아내는 와인 한잔에 얼굴에 꽃을 피우더니 5분만 쉬었다 오겠다며 방으로 들어갔다. 외손녀가 뒤따라 들어가서는 할머니 5분 되었다고 모시고 나왔다. 밤이 깊어가고 나는 아들과 강둑을 거닐며 지난날의 추억을 되새김질했다. 한옥 2층

베란다에서 사위와 아들과 맥주를 마셨다. 행복한 밤이 온몸에 스며들었다.

24일 이른 아침에 혼자서 강둑을 따라 산책했다. 금계국이 강둑을 따라 활짝 피어나 반기고 있었다. 하늘에는 흰 구름이 푸른 도화지에 예쁜 그림을 그리고 있어 활짝 핀 금계국과 함께 카메라 속에 담으니 가족과 함께 나들이하는 예쁜 수채화로 담겼다. 딸이 준비한 김치찌개, 불고기, 된장, 두부찌개 등으로 푸짐한 아침을 먹고 2층의 베란다에 있는 침대 그네에서 외손녀가 발행하는 쿠폰으로 교대로 누워서 그네를 탔다. 외손녀가 흔들어 주므로 쿠폰을 구매해야 그네를 탈 수 있었다. 쿠폰은 외손녀의 고사리손을 잡는 것이 쿠폰이다.

나는 하루를 이틀 같이 사는 사람이라서 뒹구는 시간이 거의 없다. 그런데 오늘은 11시까지 느긋하게 뒹굴었다. 그래도 아이들과 외손녀와 아내와 함께 있는 시간이라서 느긋함의 행복으로 나를 즐겁게 했다.

보문으로 이동하여 산책하고, 아덴에 들어가서 커피와 빵을 먹었다. 코로나19로 물 위를 다니는 오리 보트가 모두 묶여있었다. 우리는 친구가 운영하는 석하 한정식당으로 이동하여 늦은 점심을 먹었지만, 빵으로 채워진 배는 소화가 되지 않아서 맛있는 음식들이 그림의 떡으로 많이 남았다. 우리가 식사하는 방이 옛날에 부모님 생신 때마다 들렀던 같은 식당의 같은 방이라 지난날의 추억들이 그리움으로 다가왔다.

그날 나의 부모님도 손자의 재롱이 얼마나 즐거웠을까? 그날이 어제 같은데 지금은 이승에 계시지 않는다. 지금 내가 그날의 아버님 모습이란 생각에 아내를 바라본다. 아내는 어머님의 모습으로 함께하고 있다. 식사를 마치고 밖으로 나오니 친구가 왜 들어올 때 이야기하지 않았나라고 하기에 나는 나갈 때 인사하려고 했다고 말했다. 반가움을 나누고 잔디밭에 앉아서 커피를 마시며 아내의 생신으로 아이들과 여행 왔다고 자랑했다. 청둥오리 한 쌍이 우리 곁으로 날아와서 아내의 생신을 축하해 주었다. *(2020년 5월 22일(음, 4월 30일))*

형제들의 나들이

추석 명절이 되면 영천호국원과 만불사를 다녀오기로 했다. 오전에 가게를 출발해서 누나와 매형을 태우고, 막냇동생을 태우고, 형수를 태워서 부모님을 모셔놓은 영천에 있는 호국원으로 갔다. 부산에 사는 여동생 내외가 먼저 도착해서 접수하여 곧바로 참배실에 들어가니 모니터에서 아버님과 어머님을 만날 수 있었다. 상차림을 하고 향을 피우고, 술잔을 올리고 절을 올렸다.

지난날의 수많은 추억이 주마등처럼 스쳐 가면서 가슴을 저미게 하여 마음이 아려온다. 요즘은 코로나19로 요양병원에 부모님을 모셔놓으면 찾아뵐 수 없는 세상이 되고 보니 지난해 11월에 돌아가신 어머님이 다행이란 생각을 형제들은 해본다. 평소 즐겨

마시던 커피를 올리고 저세상에서 두 분 행복하시란 인사를 놓고 호국원을 나섰다.

부슬비가 우리들의 슬픔인 듯 대지에 내리고, 우리는 형님께서 계시는 만불사로 이동했다. 수많은 부처와 부도탑이 빼곡한 만불사는 영혼들의 아파트다. 형님이 계시는 부도탑에 상차림을 하고, 여동생이 구매한 꽃을 꼽고 그간의 안부 인사를 드렸다. 누나가 먼저 간 동생이 밉다고 하신다. 내게는 세상 누구보다 믿고 의지하고 좋아했던 한 살 터울의 형님인데, 만불사의 만개의 부처님보다 더 존경했던 분이었는데 그립다. 나의 그리움이 빗물이 되어 가을바람에 흩날린다.

내일쯤이면 나도 한 줌의 재가 되어 육신이 사라지고 없을 것인데, 오늘은 형제들과 재미있게 살아야겠다고 생각하며, 건천에 살고 계시는 작은 아버님을 찾아갔다. 조카들의 방문에 노인정에서 놀다 버선발로 반긴다. 차 한 잔 마시고 집을 나서는데 손수 농사지은 참깨를 2L 페트병에 가득 담은 것을 각각 한 병씩 주신다. 작은 아버님에게 오늘 맛있는 것 얻어먹으러 왔다고 하였더니 몰래 돈을 챙기시는 모습이 귀엽다. 식당으로 이동하여 숯불에 갈빗살을 올리니 육즙을 배출하며 익어가고, 형제들의 정은 젓가락에 매달려서 마음속으로 들어간다. 포항에 사는 여동생 내외가 들어오면서 형제들이 모두 모였다. 시간 가는 줄 모르고 웃고 떠들다 밤에 토함산에서 차박 할 때 만나기로 하고 헤어졌다.

하늘에 가득 덮였던 구름이 잠시 비껴가면서 파란 하늘이 잠깐 보이더니 또다시 구름이 가득하다. 밤에 비는 내리지 않아야 할 텐데 생각하며 열심히 일하고 있는데 준비한 식자재가 일찍 매진되어 약속 시각보다 한 시간 일찍 출발하여 토함산으로 달렸다. 불국사를 지나 산에 올라가니 군데군데 안개가 길을 막고 있었지만, 삼거리에 올라서니 안개비가 능선에서 방황하고 있다. 삼거리에 있는 정자를 찾아 들어가니 비를 피할 수 있는 명당이라 경주시에서 나의 오늘 밤 별장을 제공하여 주어 감사한 마음으로 형제들을 이곳으로 불러들였다. 모두 모이니 시간이 밤 10시 30분을 지나고 있었지만, 의자와 테이블을 펴고 치킨과 맥주로 토함산 밤과 형제들의 우정을 위하여 건배하였다.

누구나 길을 나서야 새로운 세상을 만날 수 있다. 이렇게 늦은 시간 안개비가 내리는 밤 산 위의 정자에 자리 펴고 형제들이 모여 앉아 담소를 나누며 보내는 시간이 나에게는 너무나 행복한 시간이다. 형제들도 끊이지 않는 웃음으로 즐거워하고 있다. 풀벌레들은 숲에서 나무에서 트로트를 부르며 우리들의 만찬에 흥을 돋우고 형제들은 깊어가는 밤보다 더 깊은 정을 쌓으며 즐거워했다.

누나와 막내가 막내 차에 들어가고, 부산 여동생 내외는 그들의 차에 들어갔다. 포항에서 온 여동생은 내 차에 아내와 함께 보내면서 나는 여동생에게 7성급 호텔에서 오늘 밤 자라고 하고, 나는 정자에 텐트를 치고 들어갔다. 형제들 모두가 오늘 밤 토함산에서 차에서 숙박하고 있다. 텐트 속에 누웠으니 먼저 세상을 떠난 형님이 그립다. 오늘 같은 밤 함께 했으면 얼마나 좋아했을까? 생각하니 풀벌레들의 소리가 갑자기 슬픈 통곡 소리로 들린다.

형님이 그리워서 깊은 잠을 자지 못했는지 개운하지 않다. 형제들이 먼저 일어나서 풍력발전기 있는 곳으로 드라이브를 하고 왔다. 부산 여동생은 처음 하는 차박이 체질이라며 좋아하고, 포항 여동생은 평소 천식이 있어 걱정했는데 아무렇지도 않다고 즐거워했다. 누나는 남동생과 자면서 내가 왜 여기 있나 하시면서도 좋아하셨다. 차를 끓여서 빵과 과일로 조찬을 하고 남동생과 벌초를 하기 위해 토함산 정자와 여형제들과 이별을 했다.

(2020년 9월 12~13일)

딸에게

1984년 12년 31일 오후 다섯 시경, 마지막 태양이 문수산을 넘어갈 때 동강병원 신생아실에서 요란한 울음소리를 지르며 세상에 태어난 아이가 벌써 36년의 세월이 흘러 36번째 생일을 맞이하였구나 "혜인아, 생일 축하한다." 네가 세상에 나올 때 너의 어머니께서 얼마나 고통스러웠으면 다시는 아이를 낳지 않는다고 했는데, 3년 후에 준형이를 낳았구나.

네가 세상에 와서 신생아실에 있는 모습을 보면서 나는 벅찬 가슴을 달랠 수가 없었단다. 유난히 눈이 커서 간호사들도 부러워했었지. 너의 커다란 두 눈의 미모를 모두가 칭찬했단다.

네가 세상에 태어나 1년도 되지 않아 장사를 시작하면서 보행

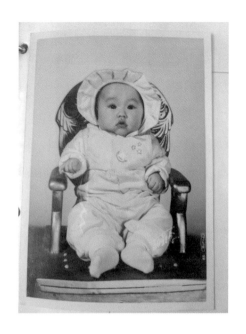

기에 태워서 매장에 있으면 고객들도 모두가 너를 예쁘다고 칭찬
하여 듣는 나는 너무나 행복했다. 네가 초등학교 입학하기 전까
지는 내가 직장생활을 하여 시간만 나면 산으로 바다로 나들이
를 했는데, 1학년 가을에 나도 장사를 시작하면서 그해부터 단
한 번도 너의 생일을 챙겨주지 못해서 늘 미안했다. 너의 생일날
은 피자 한 판 치킨 한 마리가 배달되어 동생과 둘이서 생일을 보
냈다.

　우리가 장사한다고 너희들을 돌본 시간이 없었는데, 너는 어
린 동생을 챙기면서 단 한 번도 나에게 걱정을 끼치지 않아서 너

무나 고마웠다. 그러던 네가 중학교 들어가면서 사춘기가 오더니 나를 외면하여 가까이 오지도 못하게 하였다.

그때는 그렇게 사랑스러운 딸이 완전히 남이 되었지. 정말 서운한 시기였다. 대학을 들어가면서 서울에 있으니 그리워도 볼 수가 없는 땅속 깊이 있는 보물과 같은 존재였다. 하지만 대학 시절 네가 노력하여 언제나 장학금을 받을 때는 만나는 사람들에게 자랑할 수 있는 딸이어서 고마웠다.

지금 너의 딸 소윤이가 일곱 살이니 내년이면 초등학교에 입학하겠구나. 너에게 소윤이는 얼마나 사랑스럽니? 우리도 그때는 네가 세상에서 제일 예뻤단다. 지금 네가 소윤이에게 느끼는 감

정 그대로야. 소윤이와 아름다운 추억 많이 만들어라. 부모의 따뜻한 사랑이 세상에서 가장 훌륭한 교육이다. 오늘은 아침에 앨범을 꺼내서 사진을 보니 소윤이와 네가 어쩜 그렇게 똑같니! 시대를 비껴간 쌍둥이라고 해야 할 것 같다. 소윤이

도 잘 자라서 지금의 너처럼 되었으면 좋겠다고 생각한다.

코로나19가 빨리 종식되어 내년 말에는 함께 너의 생일을 보냈으면 한다. 지금까지 나의 딸로서 세상에 더불어 살아준 것에 감사드린다. 너로 인하여 나는 너무나 많은 행복을 누리고 살아왔다. 어제도 너의 어머니가 곰탕을 너에게 보내더구나. 얼마 전에도 소고기랑 바리바리 보내더니 그것이 어머니의 사랑이구나 느끼며 혼자 흐뭇한 미소를 지었단다. 내년이면 신축년 새날이 밝아오겠지. 우리가 모두 건강관리 잘하여 희망찬 삶을 살아보자. 함께 케이크의 불을 밝히지는 못하지만 멀리서 축가를 부른다.

"생일 축하합니다. 생일 축하합니다. 사랑하는 우리 딸 생일 축하합니다." *(2020년 12월 31일)*

아들에게

올 한 해는 코로나19 바이러스로 냉동된 한 해였구나. 사람은 사람과 만나야 행복의 바이러스가 생성되어 즐거운 시간을 누릴 수 있는데, 코로나19라는 전염병으로 만나지 않아야 하는 불행한 한 해가 지나가면서 꿈도 사라질까 아버지는 걱정된다.

그래서 연말을 맞아서 너에게 천만 원을 보낼 테니 이 돈을 종잣돈으로 하여 주식을 하려무나. 단 겜블러 같이 매일 사고팔고 하는 것은 절대 하지 말고 장래가 밝은 회사에 투자한다는 생각으로 주식에 투자하기를 바란다. 평소에 시간의 여유가 있으면 경제 공부도 열심히 하여, 네가 투자하려 하는 회사의 미래도 분석하고 선택하기를 바란다.

아버지의 바람은 향후 10년 동안은 어떠한 어려움이 있더라도 찾아 쓰지 말고, 10년 후에는 천만 원으로 십억을 만든다는 목표치를 설정하고 꿈이 있는 삶을 살아주기를 바란다. 꿈을 꾼다고 다 이루어질 수 있는 것은 아니다. 그러나 꿈이 있는 삶이 가치가 있다고 생각한다.

오늘 나에게 주어진 시간을 소중하게 사용하지 않으면 내일의 시간도 허무하게 지나간다. 시간은 되돌릴 수 없으니 단 일 초도 버리지 말고 살아라. 나의 지난 시절 지금 너의 나이 때를 되돌아보니 나는 산에 미친 인생을 살아왔구나. 평생 살아오면서 가족들에게 미안한 마음 지울 수는 없지만, 히말라야 고산을 오르고자 하는 꿈을 향해 하루도 거르지 않고 체력을 단련시킨 덕분에 지금까지는 잔병치레하지 않고 살아온 것 같다.

요즘은 매일 코로나19 확진자가 폭증하고, 특히 수도권에 많이 발생하여 쉽게 확진자가 줄어들지 않는구나. 서울 인구에 비례하면 울산도 확진자 발생 수가 적은 것은 아니다. 크리스마스나 해맞이 등으로 사람들의 왕래가 잦을 것으로 예상되니 더욱 조심하지 않으면 우리도 확진자가 될 수 있어 연말에 집으로 오라고 할 수도 없다. 그래도 너의 어머니는 너를 세상에서 가장 사랑하는 사람이니 전화라도 자주 하여 대화를 하려무나. 너의 아름다운 말 한마디가 우리에게는 즐거움이란다.

지난가을에는 약 3일에 한 번씩 차박을 다녔다. 가게를 마치고 출발하여 자연 속에 주차하고 곧바로 잠을 자고 이른 아침에 아무도 없는 숲속을 신선한 공기를 마시며, 아름다운 새들의 노래를 들으며 약 한 시간 정도 산책하고 가게로 돌아와서 일과를 시작했다. 내가 차박 하기 위해 주차하는 곳이 나의 집이고, 산책하는 곳이 나의 정원이라서 나는 부동산 부자다. 나의 부동산을 너에게 상속할 수는 없고 유산으로 물려줄 테니 시간을 만들어 너의 집 가까이 있는 곳을 많이 이용하려무나.

2020년을 보내면서 꿈을 아들에게~~~♡♡♡

딸의 휴가

연일 찜통더위가 기승을 부리고, 코로나19 제4차 대유행으로 확진자들이 줄어들지 않는다. 외손녀가 초등학교에 입학하여 방학을 맞이하면서 사위와 딸은 회사 휴가를 교대로 내면서 외손녀와 함께 보내는 것이 그들의 올해 하기휴가였다. 고마운 것은 사위가 먼저 휴가를 하면서 외손녀를 데리고 지난 금요일 내 집으로 온 것이다. 그리고 일요일 딸이 내려오고 사위는 회사 출근을 하려고 서울로 올라갔다.

올해 초등학교 1학년인 외손녀가 나는 너무나 예쁘다. 너무나 사랑스럽다. 매일 보고 싶은데 서울에 살고 있으니 볼 수가 없다. 휴가를 맞아 일주일 동안 내 집에서 함께 지낸다고 하니 태산 같은 행복이 굴러들어 왔다. 외손녀는 오랜만에 만났어도 공항에서 나의 품에 꼭 안기니 나의 기분은 무지개를 걷는 듯하다. 나는 나의 딸이 지금 외손녀 나이 때는 시간만 나면 딸을 데리고 산책을 하러 가고, 산과 바다를 누볐다. 어느덧 30년이란 세월이 지나가고 딸이 자신의 딸을 데리고 휴가를 왔다.

나의 가게 직원들이 교대로 휴가를 가면서 일손이 빠지고, 장사는 더 바빠지면서 딸과 함께 나들이를 할 수 있는 시간이 없었다. 코로나19로 사람들이 많은 곳으로는 갈 수도 없지만, 집에서 시간을 보내고 있으니 미안했다. 딸이 집에 있을 때 하필이면 세탁기가 고장이 났는데, 딸이 사주었다. 하루는 아내와 딸을 나들

이 보냈더니 석남사의 숲길을 산책하였는데, 바람이 불지 않아 울창한 숲길도 더웠다며 일찍 들어왔다.

다음날은 아내가 나에게 휴가를 주어서 딸과 외손녀를 차에 태우고 해안으로 달렸다. 바닷가에는 피서객이 인산인해

였고, 도로는 차가 많아서 정체되고 있었다. 양남 주상절리에 부근에 있는 카페에 들어가 차를 마시고, 월성원자력발전소 홍보관에 들어가 관람을 하였다. 다시 양북을 지나 한수원 본사 홍보관으로 들어갔더니 외손녀 또래의 아이들이 여러 명 먼저 들어와서 체험하면서 놀이를 하고 있었다. 외손녀도 여러 가지 시설을 체험하고, 오락도 하면서 매우 즐거워하니 딸도 함께 즐기면서 재미있어했다. 좋아하는 캐릭터를 선정하여 외손녀의 이름을 쓰고 스티커도 발부했으며, 한수원 유튜브에 가입하면 코인을 한 개 주어 그 코인으로 인형 뽑기도 하였다.

한수원을 나와 토함산 풍력발전기를 관람하고. 울창한 숲길을 달려서 울산으로 돌아와 한우 불고기로 저녁을 먹었다. 오늘은 휴가 온 딸과 함께 여행도 하고 여러 가지 체험도 하며 즐겁게 지냈다. 딸이 휴가 온 일주일 동안 단 하루를 딸과 나들이를 하였다. 그래서 집에서 시간을 보내고 있는 딸에게 미안했다. 딸의 여름휴가는 내 집에서 쉬어갔지만 사랑스러운 외손녀와 딸과 긴 시간을 함께할 수 있어서 나의 휴가가 되었다. *(2021년 8월 6일)*

나의 삶에 가장 그리운 사람

오늘이 2021년 11월의 마지막 날입니다. 때아닌 장대비가 쏟아지면서 가게 데크의 지붕 골 패널을 두드립니다. 핸드폰 음악소리를 최대한 높여도 빗소리에 밀려서 잘 들리지 않습니다. 커피 한 모금 마시며 아무런 생각 없이 망상에 젖어 있는데 그리운사람이 가슴속으로 밀려옵니다.

우리 곁을 떠나신 지 7년이란 시간이 지나가 버렸어요. 그날은 산행 중이었는데 형수님 전화를 받고 산을 달려 내려와서 형님께서 누워계시는 동강병원으로 가서 만났는데, 형님은 벌써 의식이 없으셨고, 의사가 어렵다고 말씀하셨지만, 나는 전혀 믿기지않았고 실감이 나지 않았습니다. 그렇지만 형님은 59세의 나이에 그렇게 나의 곁을 떠나셨습니다.

나와는 22개월 터울이지만 연년생으로 세상에 태어났고 모든 것을 나보다는 잘하는 자랑스러운 형이었습니다. 형님은 추진력도 좋지만, 사교성이 뛰어나 주변에는 항상 어울리는 사람들이 많았습니다. 나는 초등학교 다닐 때도 형님의 그늘에서 선배들에게 구박을 받지 않았으며, 지금 하는 사업도 형님에게 기술 전수를 받아서 하고 있습니다.

내가 성인이 되어 고산 등반을 할 때도 형님은 자랑스러워하셨고 지원을 아끼지 않으셨지만, 자신의 마음 표현을 "네가 사촌만 되어도 좋겠다"라고 말씀하셨습니다. 우린 서로 주먹다짐하면서 싸워도 돌아서면 서로를 걱정하면서 살아왔던 형제였습니다. 내가 히말라야 원정 등반을 마치고 돌아올 때 도움을 주신 분들에게 작은 선물을 들고 오면서 형님에게 드릴 선물을 잊어버렸는데 그것이 아직도 아쉬움으로 남아 지워지지 않고 있습니다. 형님께서는 은근히 기다리고 계셨다는 것을 나중에 알았기 때문입니다.

겨울의 장대비가 쉬어가지 않으려고 합니다. 내 마음의 그리움은 장대비에 지워지지 않고 폭포수처럼 밀려옵니다. 지난날 형님과 함께 한라산 등반을 했습니다. 지금쯤 백록담에는 눈이 날리고 있을 것인데 아름다운 눈꽃 세상을 형님의 손을 꼭 잡고 오르고 싶은 마음 간절합니다. 지난 11월 14일 형님의 둘째 아들 결혼식 날 제가 가슴에 꽃을 달고 형수님과 하객에게 인사를 드리고 혼주석에 앉아 조카의 결혼식을 바라보았습니다. 나는 웃으며 하객에게 인사를 드렸지만, 그날은 종일 가슴으로 울었습니다. 그리움이 태산처럼 밀려와 눈물을 떨구었습니다.

사랑합니다. 형님!

존경합니다. 형님!

세월이 약이라고들 하는데 왜 저는 시간이 지날수록 형님이 더 그리워질까요. 제가 아무리 생각해 보아도 저보다는 형님께서 저를 더 많이 사랑했나 봅니다. 그 형님의 마음이 고스란히 남아 세월이 지나도 더 커다란 그리움으로 다가오나 봅니다.

Chapter 4

내 인생의 멋진 인연

더불어 사는 친구

무리 지어 동행하는 갈매기를 바라보니 바다가 더욱 넓어 보인다. 사나운 바람이 바다를 뒤집어서 파도가 해안의 모래를 할퀴어도 갈매기들은 혼자 날지 않는다. 나는 갈매기의 나이를 모른다. 단지 평화로울 때나 힘들 때도 같이 어울려 있으니 서로에게 좋은 친구로 보일 뿐이다. 내게도 갈매기처럼 인생을 함께 하는 친구가 있다. 희로애락의 술잔을 같이 부딪칠 수 있는 친구가 있고, 멀리 있어 그리운 친구도 있다. 안타깝게도 다른 세상에 있어 만날 수 없는 친구도 있다. 세상에서 가장 소중한 친구는 아내인 것 같다. 오늘도 눈을 뜨면 같은 이불속에서 삶의 문을 여니 얼마나 소중한가? 나는 많은 친구와 종일 같은 공간에서 살아

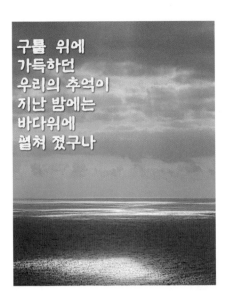

구름 위에
가득하던
우리의 추억이
지난 밤에는
바다위에
펼쳐 졌구나

간다. 바다를 날아다니는 갈매기처럼 인생을 더불어 살아간다.

나이가 또래인 벗을 친구처럼 사람은 생각하지만, 나는 나이
를 모르는 갈매기처럼 나와 인생을 함께 갈 수 있는 모든 사람이
친구이다. 세상을 알고 있는 지식이나 기술 철학 등은 티끌보다
작다. 그러나 친구들과 더불어 살아가니 친구 덕분에 공유하면서
슬기롭고 즐겁게 살 수 있는 것 같아서 좋다. 제일 친한 친구는
가까이 있는 모든 사람인 것 같다. 나이보다는 자주 만날 수 있
어서 좋다는 생각이 든다. 자식도 멀리 있으니 그리울 뿐이지 많
은 시간을 함께하지는 않는다. 바다를 함께 날아다니는 갈매기처
럼 함께 시간을 보낼 수 있는 사람이 인생의 친구이기 때문이다.

멀리 있으나 그리운 친구는 소중한 친구인 것 같다. 자식도 형제도 친구도 연락을 주고받으면서 살아가는 사람은 소중한 친구이다.

한 해를 보낼 때나 새로운 해를 맞이할 때는 서로 간의 인사를 많이 나눈다. 아침에 뜨는 태양이나 저녁에 지는 태양이나 같은 태양이다. 그래도 우리는 태양이 뜨고 지면서 시간을 보내고 나이 들어가면서 삶을 마무리한다. 요즘은 백세 시대라고 하니 그 시간 동안 친구를 많이 만나고 헤어지지만, 친구를 벗어나서는 인생을 살아갈 수가 없다는 생각이 든다. 원수도 친구이다. 이 모든 친구도 내가 세상을 떠나면 모두 두고 간다. 하지만 나의 마음은 이성과 감성이란 놈이 있어서 통하지 않으면 시간을 같이하지 않으려고 한다. 어차피 두고 갈 친구인데 내가 더 많이 더불어 살 친구가 있어야 멋진 인생이란 생각이 갈매기 무리가 바다를 날갯짓하며 날아가는 모습에서 느낀다.

—바다를 산책하는 갈매기를 보면서

친구들과 어울림

엔진도 없는 세월이 너무나 빨리 달린다. 아침에 눈을 떴는데 저녁이고 월요일을 맞은 것 같은데 일요일이다. 어제 제야의 종소리가 울린 것 같은데 벌써 7월이다. 시간은 정확하게 흘러가는데 나이가 들어가니 느끼는 속도가 갈수록 빨라진다. 도망가는 세월을 보면서 내가 좋아하는 친구들과 어울림을 만들어야겠다는 생각이 간절했다. 약 보름 전에 친구들에게 연락하여 오늘 밤에 봉호사 뒤편의 정자에 가서 하룻밤을 보내기로 했다. 모두 산을 좋아하는 친구들이지만, 한 친구는 시각장애라 그곳에 가야 함께 할 수 있다.

친구들과 함께 먹을 오리 옻백숙을 낮부터 요리했다. 영천에서 오는 친구, 서창에서 오는 친구, 가까이 사는 친구들이 약속 시간 맞추어서 모였다.

밤 8시 30분경 정자에 자리 펴고 앉아 오랜만에 서로를 바라보니 감회가 새롭다. 서로 생활이 바빠서 한동안 만나지 못했는데, 너무 빨리 가는 세월에 그리움이 가득하여 늦은 시각 아무도 없는 산중의 정자에 함께 앉았으니, 멀리 바다 위의 불 밝힌 배가 먼 길 걸어온 우리의 지난 세월인 듯하다. 산들바람은 벗들의 마음을 쓰다듬고, 신선주 잔을 부딪치니 초승달이 자기도 끼워달라고 구름에서 나와 눈웃음을 친다.

어제와 내일이 잔 속에 담겨서 식도를 넘어가고 준비한 술이 바닥이 났다. 둥글게 앉아 어릴 적 불렀던 노래를 합창하며 과거의 향수 속으로 들어갔다. 신명 나서 어깨동무를 하고 아리랑도 부르고 덩실덩실 춤을 추며 "캐지나 칭칭 나네"를 부르기도 했다. 악기는 손뼉 치는 것이 전부였지만 흥과 흥겨움은 어둠 속으로 메아리치고 퍼져나갔다. 밤하늘의 구름도 우리의 벗이 되어 함께 춤을 추며 놀았다. 자정 무렵 매트리스를 펴고 나란히 누웠으니 산들바람이 우리를 어루만지고 있다. 침낭 속의 몸은 따뜻했다.

새벽녘에 출근해야 하는 친구들이 부스럭거리며 짐을 챙겼지만 나는 가만히 자는척했다. 청하도 깨어났을 것인데 가만히 있었다. 날이 밝아오면서 새들이 아침 인사를 한다. 그들에게 미안하다. 간밤에 우리가 노래를 불러서 잠을 설쳤을 것이다. 세 명의 친구들이 떠나고 나는 일어나 짐을 정리했다. 백숙을 끓여서 청하랑 이른 아침을 먹고, 봉호사의 해수 관음보살 앞에 앉아 많은 이야기를 나누었다. 구름 사이로 내린 햇살이 바다 위에 그림을 그리고 있다. 또 다른 세상이 바다 위에 펼쳐졌다. 나는 밤을 함께 즐길 수 있는 친구가 있어 즐거웠다. 그래서 친구들이 있어서 행복하다. 친구들에게 부탁드리고 싶다. 우리 모두 건강 잘 챙기고 바쁜 생활 속에 한 번씩 만나 얼굴 보며 세월을 보내자고.

(2019년 7월 6일)

적멸굴 탐방

　　임공 선생과 적멸굴 탐방을 다녀왔다. 박동산 선생님에게 적멸굴에 관한 이야기를 듣고 늘 마음속에 다녀와야 하는 것 같은 여운이 자리하고 있었던 곳이다. 도로변에 커다란 돌에 적멸굴 가는 이정표가 있어 하천을 건너고 표식기를 따라 올라갔다. 가끔 인사하는 "수운 살기 산악회" 이정표가 우리를 안내하여 처음 가는 길이지만, 길을 놓치지 않고 오르니 몸에 땀이 배어 나올 때쯤 대나무 숲속에 있는 적멸굴에 도착했다. '원효대사 기도처'란 표지석이 입구에 서서 우리를 반겼다. 굴에 들어가니 넓은 공간에 매트리스가 두 장이 누워있고, 굴 안쪽에 석간수가 맑은 미소로 인사를 했다. 석간수 한 바가지를 단숨에 들이키니 우주가 나의 뱃속으로 들어온 듯하였다. 한숨 돌리고 주변을 살펴보니 멀리 천성산 1봉을 중심으로 산이 병풍처럼 자리하고 있다. 맑은 기운이 온몸을 휘감는 듯하여 기분이 상쾌했다.

돌아와서 영천에 사는 청하 선생에게 전화하여 적멸굴의 기운이 너무 좋다고 이야기하니, 청하 선생도 꼭 다녀가고 싶어 했다.

또한, 하룻밤을 적멸굴에서 자고, 석간수로 아침을 지어 먹고 싶은 생각이 간절하게 떠올랐다. 그래서 지기들과 또 한 번 적멸굴을 찾았다. 밤 8시에 내 가게에서 출발하여 내원사 매표소에 도착하니 담장으로 막아놓았지만 잠기지는 않아서 통과하여 적멸굴 안내석에 주차하니 21시 20분을 지나고 있었다. 서둘러 헤드 랜턴을 켜고 산을 오르기 시작했다. 길에는 낙엽이 뒤덮고 있어 길을 잘못 들 수가 있었다. 눈과 오감을 동원하여 오르니 한두 번의 망설임은 있었지만, 무사히 적멸굴을 찾아 들어갈 수 있었다. 22시가 조금 지나가고 있었지만, 밤하늘에는 별들이 가끔 우리를 내려다보고 있었으며, 포근하고 아늑한 행복이 적멸굴에서 넘쳐났다.

사실은 아침부터 가을비가 제법 내렸고, 내일까지 비가 내린다고 예보되어 있어 오전에 지기가 연락하여 어떻게 할 것인지 문의하였지만, 나의 아내는 내가 산에 가면 비가 멈춘다고 말했다.

오후가 되니 구름이 이사하고 밤에 별들이 인사를 했다.

　임공 선생과 나는 두 번째였지만 처음 여기에 찾은 세 사람도 이곳의 맑은 기운을 느끼는 것은 똑같은지 좋은 장소로 안내하여 정말 고맙다고 인사를 했다. 우리는 산신에게 과일과 술 한잔을 올리고 가볍게 신선주를 즐겼다. 서로 돌아가면서 덕담을 나누고 적멸굴의 맑은 기운을 함께 마시며 임공 선생의 선창으로 "지기금지원위대강시천주조화정 영생불망만사지"를 따라 했다. 11월의 마지막 시간이 넘어갈 무렵 조용히 각자의 침낭으로 들어갔다. 적멸굴의 맑은 기운을 꿈에서도 마시고 또 마시면서 번데기 다섯 마리는 깊은 잠 속으로 빠졌다.

어둠이 적멸굴과 멀리 천성산에 가득 덮여 있는 시간 잠 밖으로 나오니 몸이 너무나 산뜻하였다. 석간수 한 바가지를 들이키고 앉아서 아무런 생각도 없이 명상하였다. 어제의 일도 내일의 일도 모두 관심 밖의 세상으로 버려두고 그야말로 멍때리기를 30분 정도 하고 다시 침낭으로 들어갔다.

아직도 어둠이 대나무 잎과 나뭇가지에 매달려 있는 시각, 석간수를 넣고 밥을 짓기 시작했다. 여기 간다고 아내가 준비해준 굴 찌개도 끓였다. 어둠이 모두 사라지고 우리는 둘러앉아 적멸굴에서의 아침을 먹었다. 밥과 찌개가 꿀맛이었다. 숭늉까지 마시고, 적멸굴에 있는 도구로 깨끗하게 대청소를 하고 8시경 적멸굴과 작별을 했다. 가파른 길에 깔린 낙엽이 자꾸만 우리를 넘어지게 한다. 비가 내린다. 낙엽을 비가 짙은 갈색으로 염색하고 있다. 아직 가을을 보내기 싫어하는 단풍나무 몇 그루는 선홍빛으로 놀자고 부른다. *(2019년 11월 30일~12월 1일)*

죽마고우

가을비가 내리는 이른 아침 가까이 사는 임공 선생과 영천에 사는 청하 선생을 만나기 위해 도로를 달렸다. 가을 깊숙이 들어간 산자락의 나무들은 불이 붙은 것처럼 붉게 타고, 아직도 추수하지 않은 벼들은 비를 맞아 더 진한 황금빛으로 물들고 있었다. 가볍게 차 유리를 두드리는 빗소리로 어릴 적 추억이 속삭였다. 고향 마을을 지나서 영천시 고경면으로 주행하니 길가의 저수지에는 산의 단풍을 물속에 담고 가을을 물들이고 있었다.

청하 선생 집 대문의 고리를 두드리며 "이리 오너라"하고 소리 지르며 인사를 집안으로 던졌다. 거실에 앉아서 우엉차를 마시며 초등학교 시절의 추억을 끄집어내기도 하고, 서로 집안의 형제들 이야기도 나누었다. 젊
은 시절 각자의 꿈을 달려
서 살아왔지만, 지금 이순
의 중반 나이를 먹고 보니
친구가 더욱 소중하게 느껴
졌다. 우리 이야기의 대부
분은 건강관리를 잘하자는
것이다. 차 한 잔 마시며 잠
깐 이야기를 나누었는데 두
시간이 훌쩍 도망가버렸다.

오랜만에 만나 매운탕을 먹으려고 경주시 안강읍으로 달렸는
데, 온 산이 붉은 옷을 입고 있어 옥산서원으로 갔다. 초입에 은
행나무 한 그루가 노란 옷을 입고 행인을 맞이하고, 나이 많은
나무들은 계곡 좌우로 멋들어지게 폼을 잡고 있었다. 고풍스러
운 한옥에서는 선비들의 글 읽는 소리가 들리는 듯했다. 오랜 세
월 동안 수많은 시인과 행락객이 여기를 다녀갔을 텐데, 고목들
은 우리의 나들이를 말없이 바라보고 있었다.

옥산서원 뒤편을 향해 차량으로 올라가니 산의 단풍이 너무
황홀하여 차 유리를 내리고 감탄사를 지르며 이동했다. 커다란
저수지에도 붉은 산이 물속에 가득 담겨 있었다. 막다른 마을에

서 회차하여 옥산서원으로 내려가는데 기계 방향 이정표가 있어 임도를 따라 산을 달렸다. 올라갈수록 만나는 단풍 세상은 우리를 가을 속으로 더욱 깊숙이 빠져들게 했다. 가 보지 않았던 미지의 길을 죽마고우들과 함께 오랜만에 달리니, 만나는 나무들도 그들의 죽마고우들과 함께하고 있는 듯했다.

옥산서원을 벗어나 딱실 저수지 옆에 있는 털보 매운탕 집에서 매운탕을 먹었다. 매운탕 속에도 우리의 수많은 추억이 피어나고 있어 별미로 가슴속으로 들어왔다. 초등학교 입학하면서 만나 오늘날까지 약 육십 년의 세월을 더불어 살았으니 얼마나 소중한 벗인가? 나는 오늘 함께한 친구가 나의 보물이다. 나의 남은 삶에도 이렇게 귀한 보물과 함께 살아가고 싶다.

청하 선생을 영천에 두고 집으로 돌아오는 길에 고향마을로 달렸다. 많은 시간이 지나온 만큼 많이 변했지만, 지나온 추억은 변한 것이 하나도 없다. 고향을 떠나오기 전까지 눈만 뜨면 만났던 산에도 아름다운 가을옷을 입었는데, 왠지 반백의 머리카락처럼 느껴지는 가을이다. 나무들이 잎을 모두 떨구고 겨울을 맞듯이 나도 과욕을 버리고 죽마고우들과 남은 인생을 살아야겠다는 생각이 든다. *(2020년 11월 01일)*

4,000km를 걷는 김삿갓(김영교)

하늘 보기가 부끄러워 삿갓 쓰고 방랑 생활을 한 김삿갓 선생님의 후손 김영교 친구가 평창 청소년 동계올림픽을 홍보하기 위해 걸어서 4,000km를, 100일간 하루 40km씩 전 국토를 걷고 있다. 영월에 있는 김삿갓 선생님 생가에서 4월 1일 출발하여 오늘은 월성 원자력 발전소에서 방어진항까지 걷고, 방어진항에서 차박에 들어갔다.

그는 차박하면서 일정을 소화하기 때문에 40km는 걷고 나서 출발지까지 차를 가지러 버스나 택시를 타고 이동해야 했다. 그래서 나는 포항의 사방공원에서 포항공항 근처까지, 포항공항에서 구룡포읍 행정복지 센터까지, 다음날은 월성 원자력 앞 공원까지

3일간 차량수송 지원을 했다. 4일 차는 가게를 마치고 아내와 김삿갓 선생이 차박하고 있는 곳으로 빗속을 달려서 우리도 차박을 하였다.

계속 바람이 불며 많은 비가 내리고 있었다. 비가 차를 두드리고 있어 낭만적이었지만, 새벽에 출발하여 걷는 김삿갓이 걱정되었다. 5시경 일어나 밖을 보니 비가 그치고 있었다. 6시경 공원을 둘러보니 차가 보이지 않았다. 전화하니 오늘은 5시 40분에 어제 내가 주차했던 곳에 주차하고 출발했다고 한다. 김삿갓의 차를 운전하여 울산 방향으로 가다 흰 도포에 삿갓 쓰고 지팡이를 짚고 걸어가는 김삿갓을 만났다. 길가의 펜션 2층 테라스에 주인의 허락도 없이 올라가 해 뜨는 동해를 바라보며 차를 마셨다.

아내와 나는 차를 내 가게로 이동하여 놓고, 다시 김삿갓이 걸어오고 있는 곳으로 차 한 대로 이동하였다. 김삿갓과 같이 걷기 위해서였다. 통화하고 교육연수원 근교의 길목에 있으니 해변의 자갈밭을 흰 도포 자락을 펄럭이며 삿갓을 쓰고 파도와 벗이 되어 걸어왔다. 우리는 함께 걸었다. 해변은 작은 몽돌밭이다. 그곳에 끝없이 밀려왔다 흰 물보라를 일으키고는 사라지는 파도가 김삿갓 선생의 발걸음을 신명 나게 하는 것 같았다. 우리는 너털웃음을 파도에 실어 보내며 해안 경치에 도취하여 동심으로 걸었다.

정자항을 지나 제전 마을에서 바닷가에 놓인 테이블에 앉아 간식을 먹고, 다시 해안으로 걸어서 주전 몽돌 해변에 도착했다. 밀려오는 파도에 목욕한 몽돌은 까만 얼굴로 햇살에 반들거리며 김삿갓을 반긴다. 무상이가 밀크티를 들고 찾아와서 몽돌에 앉아 마시고, 식당에 들어가서 전복 돌솥 밥으로 허기를 달랬다. 주전 마을 해안 길을 걸어서 주전 고갯길에 들어서니 임공 선생이 기다리고 있었다. 길가의 정자에 앉아 임공 선생이 들고 온 맥주 한 모금 마시며 갈증을 달래고, 고개를 넘어서 남목의 시가지까지 인도를 걸었다. 세계 최대의 조선소 현대중공업 담벼락 옆길을 걸어서 정문에서 기념촬영을 하니 경비가 사진을 찍지 말라고 손짓을 한다. 삿갓 선생은 이해할 수 없다며 고개를 갸우뚱거렸다.

내 가게에 도착하여 잠시 신발을 벗고 차를 한잔 마시니 아내가 김삿갓 선생의 발을 만져본다. 오늘이 13일째가 되니 이제는

굳은살이 박여 단단하였다. 처음 걸을 때 물집이 생기면서 많이
고통스러웠을 것인데 인내하며 걸어온 김삿갓 선생이 안쓰러운지
자꾸만 만지고 있었다. 아직도 약 6km는 걸어야 오늘의 목표치
40km를 채울 수 있어 일산해수욕장의 모래밭을 지나 대왕암공
원을 걸었다. 울창한 송림 사이에 햇살이 비집고 들어와 아름다
운 숲길을 껄껄 호탕하게 웃으며 걷는 김삿갓의 모습이 한 폭의
동양화다.

　대왕암에 올라 만나는 많은 사람에게 호탕하게 웃으며

"김삿갓입니다. 반갑습니다. 건강하세요. 복 많이 받으세요. 행복하세요."

라며 큰소리로 인사한다. 우리는 그렇게 인사를 나누며 성 끝의 유채꽃밭을 걷고, 슬도를 돌아서 방어진항에서 오늘의 일정을 마쳤다. 트라이앵글이 40km를 지났다고 알려주었다

현대판 김삿갓(김영교)은 나이가 64세다. 그는 적지 않은 나이에 일일 40km를 100일간 하루도 쉬지 않고 4,000km를 목표로 걷고 있다. 그의 꿈은 이루어질 것이다. 그는 육체의 고통을 인내하면서 살아가고 있다. 그의 또 다른 목적이 무엇이든 오늘 13일째이니 520km를 걸어왔다. 호탕하게 웃는 그의 얼굴에 흰 수염이 바람에 춤을 추고 있다. *(2021년 4월 13일)*

고등학교 동기들과 어울림

고등학교를 졸업한 지 44년이 지나가고 있다. 우리 아이들이 자라서 아이를 낳아 초등학교에 다니고 있으니, 유수처럼 흘러간 세월이 까마득한데 엊그제 같기도 하다. 나의 머리카락도 염색하지 않으면 백발이고, 주름은 세월의 계곡을 만들어놓았다. 지나온 세월을 하루하루 되새겨 보니 보일 듯 말 듯하다.

살아가면서 어울림 속에 또 다른 약속을 한다. 이번 어울림은 장수에서 전원생활하는 고등학교 동기생 집에서 1박 2일 일정으로 어울림 하기로, 약 보름 전에 고향인 경주에서 약속했다. 아침에 출발하는데 비가 내린다. 일기예보도 장마철에 들어 이틀간 비가 많이 내린다고 하였다. 남해고속도로를 달리니 떨어지는 빗줄기가 제법 요란하다. 지리산 언저리를 돌아 함양으로 들어가니 비가 내리지 않는다. 약속 장소인 스카이뷰 골프장에서 서울에서 내려온 친구, 장수에서 우리를 초대한 친구, 울산에서 함께 간 친구와 만났다. 남해고속도로를 달릴 때 내리던 비는 지리산을 넘지 못하는지 비가 내리지 않는다. 반가운 마음이 초록의 잔디밭에 펼쳐지면서 웃고 장난치며 한 홀 한 홀을 지나가니 잠깐 비가 내려 더위를 식혀주고는 내리지 않는다.

라운딩을 마치고 장수에서 전원생활을 하는 친구 집으로 들어가니 오후 5시를 지나고 친구 부인은 백합 같은 미소로 우리를 반긴다. 처마 아래 테이블에 앉아 장수의 특산품인 까막돼지 삼겹살을 구워서 추억을 잔에 담아 마시며 고등학교 동기생인 친구들과 어울림의 밤이 깊어갔다. 비는 요란하게 내리다 쉬어가기를 반복하는데 지붕에서 만나 떨어지는 낙수는 모두를 동심으로 되돌려 학창 시절의 이야기가 끝나지 않는다.

자정이 지나서 잠자리에 들었는데 눈을 뜨니 5시였다. 홀로 방을 나와 밖으로 나오니 건너편 산허리에 운무가 산수화를 그려 놓고 나를 기다리고 있었다. 시골 마을의 돌담길을 걷는다. 산의 임도를 걷는다. 들녘을 걷는다. 집으로 돌아오니 안개가 마을과 산과 들을 삼켜서 하얀 세상으로 만들었다.

친구 부인이 차려준 아침을 먹고 서둘러 장수골프장으로 갔는

데 비가 내린다. 내리는 빗속으로 하얀 공을 날리며 공이 머무는 곳으로 잔디를 밟으며 우산을 쓰고 걸었다. 전반 아홉 홀을 비를 맞으며 돌았더니 비가 멈춘다. 라운딩 하는 사람은 아무도 없었다. 골프장이 우리만의 것이었다. 골프장 주변의 산허리에 운무가 춤을 춘다. 우리는 초록의 잔디밭에서 춤을 춘다.

고등학교 동기생들과 어울림이 이야기꽃을 피우고 꽃이 지면서 열매가 맺히고 씨앗 속에 다음에 또 만나서 어울리자는 약속의 싹이 튼다.

라운딩을 마치고 친구 집으로 갔더니 수육과 탕을 준비해 놓았다. 수육에는 옛날의 추억이 삶겨 있었고 탕에는 어울림으로 행복이 끓었다. 졸업하고 44년이 지나가고 있지만, 장수와 울산에 사는 친구는 가끔 만났고, 서울에서 내려온 친구는 졸업 후 처음 만났다.

어울림의 비가 소리 없이 내린다. 친구가 농사짓고 있는 사과에 어울림의 비가 내리며 사과는 익어가고 있었다. *(2021년 7월 5~6일)*

PART 2

산과 함께 산 이야기

내 인생 많은 부분을 산과 함께 살았다. 에베레스트와 오 대륙 최고봉을 등반한 특별한 산행을 비롯해 나의 일상이 산과 함께 하는 삶이었다. 그리고 앞으로도 그러하리라. 또한, 내 인생에 가 보고 싶은 곳을 정해서 다니면서 글을 썼다. 이 PART에서는 산과 함께 한 이야기와 내 인생 가 보고 싶은 곳 이야기로 구성하였다. Chapter 1에서는 산에 대한 내 생각을 담았으며, Chapter 2에서는 랑탕 히말라야 등반 준비 산행과 랑탕 등반 이야기를 담았다. 그리고 Chapter 3에서는 생활하면서 등산한 이야기를 Chapter 4에서는 사는 동안 가 보고 싶은 곳의 여정을 담았다.

Chapter 1

산 이야기

산을 느끼려면 산속으로 들어가야 한다

산속에 들어가면 산은 보이지 않는다. 먼 곳에서 바라봤을 때 산이 보인다. 그러나 산속에 들어가야만 산을 느낄 수 있다. 근간에 주변 사람들과 대화를 하면 다수의 사람이 삶의 정답, 철학을 찾은 듯이 말을 늘어놓는다. 또한 타인의 대화에 귀를 기울이지 않고 자신의 이야기를 너무 많이 한다.

산의 숲이 아름다운 것은 나무가 어우러져 있기 때문이다. 나도 너도 우리의 삶이 어우러졌을 때 우리의 인생에 행복이 더하리라 생각한다. 산속에 가서 수많은 나무를 쳐다보면 정말 잘생긴 나무는 흔치 않다. 나 역시 세밀히 분석해보면 특별히 뛰어난 것도 잘난 것도 별로 없다. 그러나 산속에 들어가야만 나무를, 돌

을, 풀을 만질 수 있다. 우린 서로 부대껴야 감정을 느껴서 사랑
할 수 있다.

　고요한 산이 편안하다. 내가 말을 많이 하지 않아야 고요하
다. 산은 말을 하지 않는다. 바람이 물이 떠들어 댄다. 바람처럼
떠들면 스쳐 갈 뿐 큰 느낌은 없다. 나도 나의 말을 줄이고 너의
이야기를 들어야겠다고 생각해본다.

산에 머물러야 산을 알 수 있다

흔히들 먼 거리의 산길을 빨리 가면 산을 잘 아는 듯이 칭찬하고, 칭찬받는 사람은 으스대기도 한다. 그래서 지리산, 한라산, 설악산 등의 종주를 몇 시간에 갔다고 하고, 태극 종주, 환 종주라는 의미를 만들어 산행한다. 먼 거리를 고통을 이겨내고 완주하는 목표를 달성했기에 느끼는 자기만족이다.

그러나 그것은 자기만족이지 산을 잘 아는 것은 아니다. 먼 거리를 이른 시간에 완주하다 보면, 산의 진정한 아름다운 모습을 거의 보지 못하고 간다. 그러니 느낄 수 있는 것이 적다고 할 수 있다. 그래서 나는 감히 먼 거리를 빠른 시간에 갔다고 그 사람이 산을 잘 아는 것처럼 보고 싶지 않다.

인간은 산에서 많은 식자재를 얻고, 약초나 맑은 공기와 좋은 기운으로 질병을 치유하기도 한다. 즉 행위와 느낌은 엄청난 차이가 있다. 달리는 것과 걸어가는 것은 행위이다. 기운을 받는 것은 느낌이다. 그래서 나는 걸어가면서 느끼는 것도 있지만, 산에서 잠을 자거나 명상을 하면서 머물러 산의 기운을 더 많이 느끼려고 한다.

자장율사가 자장암에서 금화 보살을 보면 좋은 일이 있을 것이란 의미를 부여하여 머무르게 하는 것도 나는 감히 좋은 기운을 많이 받아 가란 뜻으로 이해한다.

고사목과 어린 소나무

산에서 고사목을 만나면 나는 효의 순리를 배운다. 많은 세월을 지나온 나무가 생명을 다하고 껍질까지 벗어 놓은 나무는 끝으로 자연으로 돌아간다. 우리 인간도 마찬가지다. 마지막은 자연으로 돌아가는 것이 순리이다.

효는 자연의 순리처럼 내가 부모님에게 하는 것보다 자식에게 정성을 들이고 희생하는 것의 만 분의 일도 하지 않는다고 생각한다. 그래서 자식에게 최선을 다하는 것이 효의 대물림이라 생각한다. 부모님을 극진히 모시는 것도 좋지만 산의 고사목 옆의 나무처럼 언제나 시간을 함께하면서 친구가 되어주는 것이 진솔하고 소탈한 편한 효가 아닐까.

고사목은 모든 것을 벗어 놓고 옆에 살아있는 나무들이 먹는 한 톨의 양식도 자기는 먹지 않는다. 그냥 자식 배불리 먹고 튼튼하게 자라도록 바라본다.

나이 들어 늙어갈수록 사람이 그리워진다, 마음으로 존경하는 것보다 한 번 더 찾아가서 친구처럼 대화도 하고 시간을 같이 하면서 보내는 것이 나이 든 사람에게는 가장 필요한 것이라 고사목이 말한다.

산길을 걷다 고사목과 어린 소나무가 함께 바위에서 나란히 세월을 보내고 있는 것을 바라보면서 느꼈다. 효는 '대물림(순리)'이고, '친구'가 되어주면서 자주 찾아가는 것이 최고라는 생각이 들었다.

에베레스트 정상에 오른 것

한국 나이로 51살(2007년)에 지구상에서 가장 높은 곳에 올라 갔다. 다행히 날씨가 맑아서 멀리 보이는 파노라마는 장관이었다. 하지만 정상에서 솔직히 희열을 느끼거나 대단한 성취감을 느껴 보지는 못했다. 정상 약 50M 전쯤에서 '내 생의 꿈이 드디어 이 루어졌구나.'라는 마음이었고, 정상에서는 기념촬영하고, 돌아서 서 안전하게 내려가는 것이 걱정으로 마음 가득 다가왔다.

에베레스트 정상에 오른 것은 행운이었다. 산이 허락해주지 않았더라면 미약한 내가 감히 엄두도 낼 수 없는 결과물이다. 나 는 에베레스트나 지금까지 오른 여러 고산 정상에서 하산할 때마 다 힘이 들지 않은 산은 단 한 곳도 없었기에 조심조심하면서 때

에베레스트(8,848m) 등정, 2007년 5월 16일 - 이상호

로는 네발로 기어서 하산을 하였다.

우리 주변에 정치나 명예, 부의 최정상에 올랐던 사람들이 하산을 잘해야 한다고 생각한다. 근교 산을 오르내릴 때도 안전사고는 확률적으로 내려올 때 더 많이 발생한다. 오를 때는 가벼운 사고가 나지만 내려올 때는 부주의로 더 많이 다친다고 한다. 최고의 위치에 오른 사람일수록 하산을 염두에 두고 올라야만 하산해서도 존경받고 행복한 인생을 살 수 있다.

산은 늘 그 자리에 있지만, 사람의 선택에 따라 설악산을 갈 수도 있고, 지리산을 갈 수도 있으며, 히말라야 고봉을 오를 수도 있다. 그것은 자신의 선택이다. 어떤 업종에 종사하는 것도 자신

의 선택이다. 그곳의 정상에서 하산할 때는 이웃과 함께 즐기면서
삶을 살아주기를 바란다.

산에서 내려올 때 천천히 내려오면 더 많은 것을 보고 느낄
수 있다고 생각한다. 오를 때보다 내려올 때가 시야가 트여서 더
멀리 더 넓게 보이기 때문이다. 타인보다 높은 위치에 오른 사람
일수록 내려오면서 보이는 세상이 넓고 보는 것도 많다. 그럴수록
천천히 내려오면서 베풀고 봉사하면서 하산하면 많은 사람에게
존경을 받을 것이다.

에베레스트 꼭대기도 정상이지만 설악산 꼭대기도 정상이고,
동네 뒷산 꼭대기도 정상이다. 우리가 살아가는 각자의 정상도
다르다. 나는 높이도 중요하지만, 각자의 정상에서 아름답게 즐기
면서 천천히 하산할 것을 권하고 싶다.

산은 열린 마음으로 사람을 반긴다

한번 다녀온 산을 모두 아는 듯이 이야기해서는 안 된다. 사람 또한 한번 만난 사람을 잘 아는 듯이 평가해서는 더욱 안 된다.

어떤 산이라도 이른 봄에 갔으면 연녹색의 고사리손 같은 새 순을 만났을 것이고, 여름에 갔으면 신록이 우거진 숲을 만났을 것이다. 또 가을에 갔으면 화려한 단풍을 보고 감탄사를 질렀을 것이다. 겨울에는 눈이라도 날리면 순백의 눈꽃에 미소 짓지 않는 사람 누가 있으랴.

아침의 산이 다르고 석양이 묻은 저녁 산이 다르고 달 밝은 밤에 만나는 산이 다른데 한번 가 보고 산을 아는 듯이 이야기해서는 안 된다.

산에서 만나는 나무도 내가 보는 거리에 따라 방향에 따라 다르게 보이는데 한번 보고 사람을 평가한다는 것은 아니라고 생각한다. 살아가면서 눈만 뜨면 사람과 만난다. 사람과 부대낀다. 늘 만나는 사람도 있지만, 생면부지의 사람도 만난다. 그런데 처음 만난 사람, 어쩌다 만난 사람을 나도 모르게 평가하거나 속단해서는 절대 안 된다.

산에는 각양각색의 나무들이 있듯이 사람도 똑같은 사람은 단 한 사람도 없다. 나 역시 똑같지 않은 사람의 한 명이다.

산은 언제나 자신의 마음을 닫아놓지 않는다. 활짝 열어 놓고 누가 와도 반긴다. 나도 만나는 사람을 내 마음 활짝 열어 놓고 반겨야겠다는 생각을 산처럼 해본다. 산의 모습이 천의 얼굴이듯이 사람도 각자의 성격과 개성을 가지고 있으니 누군가를 가벼운 생각으로 평가하지 말아야겠다.

세월이 깎은 바위처럼

등산하다 보면 많은 바위를 만난다. 어떤 바위는 나도 모르게 감탄사가 나오게 하기도 하고, 어떤 바위는 무관심으로 지나가기도 하고 때로는 바위의 자태에 기가 눌리기도 한다.

바위들을 만나면서 나도 모르게 편안하고 온화한 바위를 좋아하게 되었다. 사람을 만났을 때도 기가 세거나 각진 사람, 권력과 학식이 높은 사람, 명예가 높은 사람 중에 자기 잘났다고 무게를 잡는 사람, 즉 자기가 뛰어났다고 으스대는 사람은 어딘지 편하지 않다. 단순하지만 소탈하고 가식이 없고 잘났다고 무게를 잡지 않는 사람이 좋게 느껴진다.

산에서 만나는 바위도 너무 웅장하거나 각이 지면 쉽게 오를

수가 없다. 각이 진 바위는 스치는 부드러운 바람도 쉬 넘기지 못하는 것 같다. 그러나 각이 적은 바위는 바람을 부드럽게 넘긴다. 내가 보기에는 세월이 흘러서 각이 깎인 바위는 오랜 세월을 편안하게 살아가는 것 같다. 나도 나의 각진 성품을 부드럽게 만들어야겠다. 수십 년 살아보니 지나온 세월만큼 둥글둥글한 모나지 않은 인품이 만들어진 것 같다.

오늘도 산자락을 돌면서 바위들을 보면서 생각한다. 바위들의 완만한 자태, 즉 부드러운 모습만큼 나의 모습과 성품이 완만하여 부드럽게 만들려고 급히 걷던 걸음을 천천히 걷는다. 산 능선에서 눈에 잡히는 산의 파노라마를 바라보다 바람에 깎인 바위에 귀를 대고 명상을 해본다. 요즘 내가 누군가에게 짜증을 내었거나 불편하게 하지 않았나 가만히 되돌아 생각한다.

순응하며 살아가라 나무는 말한다

능선에 앉아 멍하니 사방을 살펴보니 수많은 나무와 풀 그리고 바위들이 어떻게 저기에 있나 하는 생각을 해본다. 누가 저곳에 갖다 놓았을까? 아마도 자기의 선택이 아니고 인연인 것 같다. 우리도 부모님께서 낳아주셨고 그것 또한 인연이란 생각이 든다.

이병철 회장이나 정주영 회장 아들딸로 태어나고 싶지 않은 사람은 없을 것이다. 이것 또한 인연이 닿아야 할 것이다. 그래서 산에서 만난 식물과 바위 흙 한 톨도 인연에 의하여 그곳에 있지 않은 것이 없다는 생각이 든다.

그런데 식물이나 바위와 흙은 어느 곳에 있든 자연의 순리를 거역하지 않는다. 그저 순응하며 순리대로 존재한다. 그런데 우리

인간은 사고를 하고 있으며 움직이며 살아간다. 사고를 하고 있으니 욕심·권력·명예를 가지려 하지 않을 수 없다는 생각이 든다. 나무가 나에게 순응하며 살아가는 모습을 보여주면서 역행하지 말라고 한다. 역행하면 할수록 화는 크게 다가온다고 한다.

인연이 바위틈에 닿아 뿌리를 내리고 비바람과 뙤약볕을 몸으로 견디며 튼튼하고 아름답게 사는 나무도 순응하지 않았으면 이렇게 아름다운 모습으로 살아올 수 있었을까?

돈과 권력·명예를 좇아가다 보면 화를 만나게 되는데, 그것을 다스리는 것이 지혜다. 모든 것은 인연 따라 오가지만 식물은 순응을 가르치고 산은 나에게 지혜를 가르친다.

산 문화 발전에 앞장서라 말한다

1990년 마칼루 등반을 진행하다 눈사태로 등정을 못 하고 눈물을 흘리며 하산했다, 19년 후 2009년 재도전하여 등반에 성공하였다. 모든 것을 정리하고 베이스를 출발하는데 마칼루가 나에게 이제부터 나 자신을 위한 극한 등반은 되도록 자제하라고 하는 것 같았다. 산을 오르고 싶으면, 오고 싶어도 못 오는 장애인과 산에 함께 올라서 내가 산에서 느끼는 기분을 공유하도록 하라고 말하는 것 같았다. 앞으로는 우리의 미래인 청소년을 산과 함께하는 연결 고리 역할을 하여, 산에서 호연지기도 키우고 인성도 기르며 극기도 체험하도록 하면 좋겠다고 말하는 것 같았다. 그리고 우리 삶의 질은 문화가 결정하는데, 나같이 산을 조금 열심히 다닌 사람이 산악문화 발전에 앞장서야 한다고 말하는 것 같았다.

그 후 나는 장애인과 함께 하는 아름다운 산행을 꾸준히 하고 있으며, 차상위계층이나 결손가정의 청소년이 산에 오르도록 하는 행사를 진행하고 있다. 또한, 한국산악회에서 해마다 실시하는 청소년 백두대간 생태탐방에도 적극적으로 참여하여 활동해 왔다. 그리고 산악문화 발전을 위해 울주 세계 산악영화제에 추진위원으로 활동하고 있으며, 언론이나 강의도 기회가 올 때마다 적극적으로 참여했다.

어느 날 아름다운 산행을 하면서 휠체어 장애인이 금오산 전망대에서 자신도 모르게 눈물을 흘리는 모습을 보면서

"왜 눈물 흘리세요?"라고 물으니

"살아생전 이곳에 오를 것은 상상도 못 해 봤어요."

라고 대답하여 함께한 비장애 분들의 가슴을 뭉클하게 만들었다. 청소년들은 산행을 시작할 때는 오르기 싫어했지만 하산할 때는 즐거워하는 모습과 밝은 표정을 보았다. 그리고 성인이 된 사람 중에는 사회생활을 하면서 청소년 시절 산을 오르내리며 체험한 추억을 잊지 않고 있다는 이야기를 많이 했다.

산을 오랜 기간 오르내렸거나 열정으로 등반한 산악인이라면 산으로 하여 멋진 인생을 살았을 것이니 기회를 만들어 사회에 재능기부나 봉사하며 살아가는 것이 산에 대한 예의라고 마칼루가 하산하는 나에게 이야기했다.

산과 나의 이야기

고등학교를 졸업할 때까지 꿈도 없었고, 남들보다 특별히 잘하는 것도 없는 평범한 사람이었다. 현대자동차에 입사하여 동료들과 설날 휴가 때 지리산을 오르게 되었다. 그때 산을 타는 체력이 조금 뛰어났고, 재미가 있었다. 그래서 산악회에 문을 두드렸고 암벽등반과 빙벽 등반을 하면서 히말

라야 고산 등반을 해야겠다는 꿈을 막연하게 가졌다.

울산에서는 히말라야 고산 등반을 갈 기회가 흔하지 않았기에, 언젠가 갈 수가 있겠지 하는 꿈을 가지고 매일 산을 뛰면서 체력훈련을 했다. 수년간의 피나는 훈련으로 심장박동수를 1분에 50회 이하로 떨어뜨렸고, 얼굴만 물속에 잠수하여 3분이 넘도록 있었다. 아내와 결혼할 때도 언젠가 내게 기회가 오면 히말라야 고산 등반을 갈 것인데, 반대할 것이면 결혼을 하지 말자고 말했다. 직장 생활하면서 추석, 설 등 명절 외에는 비가 오나 눈이 오나 휴일에 산을 오르지 않는 날이 없었다.

1988년 서울 올림픽이 열릴 때 드디어 나에게도 기회가 왔다. 울산에서 신영철 대장님께서 구르자히말 봉과 다울라기리 6봉 등 7,000미터급, 두 개의 봉을 한 시즌에 오르는 원정대를 꾸렸고, 나는 늦게 원정대원으로 합류하였다. 당시 회사에 백지 사직서를 제출하였고, 결혼하여 아내와 딸 아들이 있었는데 원정 두 달 동안은 무급으로 생활비를 주지 못했다. 그때 나이가 32세였으니 십 년이 넘도록 꿈을 향해 훈련해온 것이다.

캐러밴을 하다 구름 위에 하얀 설산이 있는 것을 처음 보고는 설렘보다 불가능할 것처럼 느껴졌다. 난생처음으로 고산병을 체험하고 4,600m 지점에 베이스캠프를 구축하고 본격적인 등반을 시작했다. 나는 동료보다 등반력이 뛰어나서 한 시즌에 7,000미터급 두 개봉을 올랐다. 등반 중에 입술이 터지고 또 터져서 자고 아침에 일어나면 입술이 서로 붙어서 떨어지지 않았고, 얼굴은 눈의 반사열에 타서 껍질이 더덕더덕 떨어졌다. 등반을 마치고 산에서 내려오면서 나는 또 다른 꿈을 가지게 되었다. 오 대륙의 최고봉을 오르는 것이다

1990년 지구상에서 다섯 번째 고봉인 마칼루봉 등반을 했지

만, 눈사태와 악천후에 식량과 장비 공급이 되지 않아 피눈물을 흘리면서 등정에 실패하고 산에서 내려왔다. 내 나이 35세가 되었을 때 고산을 올라서 명예를 얻을 것인가? 돈을 벌 것인가 하는 선택의 갈림길에서 회사에 사표를 내고 지금까지 외식업에 종사하고 있다. 그리고 오 대륙 최고봉을 오르는 꿈은 포기하지 않았고 하루도 쉬지 않고 체력단련을 하였다.

1996년 북미의 최고봉 매킨리를 오르고, 2000년 남미 최고봉 아콩카구아를 올랐으며, 2002년 유럽 최고봉 엘부르즈, 2004년 아프리카 최고봉 킬리만자로를 오르고, 드디어 2007년 내 나이 51세에 지구상의 최고봉이자 아시아의 최고봉 에베레스트 정상을 올라서 꿈을 이루었다.

1996년 매킨리를 등정하고 하산하다 허영호 대장을 만나서 96~97년 남극대륙 약 2,400km를 무보급 횡단 대원으로 선발되어 약 6개월 일정으로 탐험을 떠나게 되었다. 처음으로 아내의 반대가 극심하였지만, 가게와 가정을 팽개치고 탐험을 떠났다. 6명의 대원으로 구성되어 탐험이 시작되었는데 최초 썰매의 무게가 약 170kg이어서 끌어도 잘 끌려오지 않았다. 매 식사는 동결건조 식단 한 가지였으며, 지쳐가면서 탈진하여 몸이 움직이지 않았다. 생과 죽음이 함께 공존한 것이다. 살아서 한국에만 갈 수가 있다면 그곳은 천국이란 생각이 간절하였다. 사투의 나날 속에서 가족은 먼 세상의 사람인 것처럼 느껴졌다. 영하 30도 이하의 기온에 강풍 속으로 생과 사를 허덕이며 썰매를 끌고 가는데, 바람이 화처럼 왔다가 가는 것이었다. 그날 이후로 나는 살아가면서 화는 바람처럼 왔다가 가는 그것으로 생각하고 살아간다.

2010년 히말라야 마나슬루봉을 등반했다. 정신 분열이 된 후배를 끝까지 보살피다 탈진했다. 그때 실종된 후배를 찾아, 2016년 그곳을 수색하고 왔다. 그때 같이 등반하다 동료를 위해 자기 장갑을 벗어주고 동상이 걸려서 손가락 열 개 모두를 절단한 후배와 같이 찾을 수 없는 것을 알았지만, 그곳에 올라 술이라도 한잔 권하고 싶어서 다녀온 것이다. 2018년 문수산에서 저녁에 삼겹살을 구워서 안주를 챙겨주고 아침에 마지막 밥을 지어주고 헤어졌는데, 세 시간 후에 혼자서 암벽을 오르다 나의 곁을 영원히 떠나버린 후배가 있다. 그들은 모두 자신의 꿈을 향해 열정적으로 살아가다 생을 마감했다. 지금 살아있지 않으니 인생을 실패한 사람들일까?

수많은 고산 등반을 하다 눈사태를 맞을 때도 있었고, 크레바스에 빠진 적도 있었으며, 같이 오르다 정신 분열이 되어 미쳐버린 대원도 보았으며, 등반 중에 탈진되어 죽어간 대원도 있었다. 또 위장에 구멍이 나서 헬기로 대원을 긴급 수송하여 카트만두에서 수술한 대원도 있었다. 1990년도 마칼루 등반 실패를 하고 19년이 지난 2009년도에 형제보다 절친한 악우들과 재도전하여 성공하였다. 그러나 함께 마칼루를 등반하였던 후배 네 명이 산악사고로 지금 나의 곁을 떠났다.

나는 실패했던 마칼루산에 성공하고 산에서 내려오는데 지금까지 고산을 올랐던 것은 나 혼자 오른 것이 아니라 나를 도와준 모두와 올랐다고 생각하게 되었다. 그래서 산을 가고 싶어도 갈수 없는 장애인이 산을 오르는 "우리들의 아름다운 산행"을 14회차 실시하고 있으며, 우리들의 미래인 청소년이 산을 체험하여 극기도 하고 호연지기도 키울 수 있는 산악 프로그램을 해마다 실시한다. 우리가 잘 산다는 것은 문화도 선진화되어야 한다고 생각하여 각종 산악문화 발전에 적극적으로 참여해왔다.

지금도 실패는 두려워하지 않는다. 실패가 때론 가장 큰 공부가 된다고 생각하며, 이순의 나이지만 꿈이 없는 인생은 삶의 의미가 없다고 생각하기에 주변의 만나는 사람들에게 꿈이 있는 삶을 살자고 소리친다.

2018년도에는 아마추어 산악인 17명을 훈련해서 히말라야 탐사 정점 등반을 하여 꿈이 있는 삶을 살도록 하였으며, 지금 나의 꿈은 "나의 이야기" 수필집을 발간하는 것이고, 다음은 내가 산에서 만난 자연의 아름다운 색깔을 도화지에 그려보는 것이다.

Chapter 2

챌린지 랑탕 히말라야

랑탕 예비 산행-대관령 동계산행

(2018년 1월 26일~28일(2박 3일))

26일

새벽 4시 반경에 일어나 보온병과 날진 병에 뜨거운 물을 채우고 무거운 배낭을 메고 집을 나서니 찬바람이 뺨을 때린다. 영식이와 성원이를 태우고 삼호교 아래 주차장에 도착하니 먼저 도착한 대원들이 반긴다. 늦게 도착한 대원과 차량을 배분하여 탑승하고 내가 마지막으로 출발하니 6시 10분을 지나고 있

었다. 차량 다섯 대에 23명의 인원이 함께 이동하는 것은 위험하기에 1차 화진 휴게소에서 만나기로 했는데 내가 제일 먼저 도착했다.

아침 식사하기는 이른 시간이라 망향휴게소에서 다시 집결하여 식사하기로 하고, 동해안 도로를 질주하는데 붉은 태양이 동해의 수평선을 헤치며 솟구치고 있었다. 바다가 훤히 보이는 도롯가에 주차하고 일출을 감상하는데, 바다는 커다란 파도를 치며 아침 기지개를 켜고 해무는 파도 따라 춤을 추었다. 일출과 어우러진 모습이 아름다운 장관이다. 망향휴게소에서 대원들을 만나니 모두 일출의 장엄한 풍광에 여운을 뿌리고 있었다. 식사를 주문하는데 부대장 차량이 도착하지 않았다. 전화하니 포항을 통

과하면서 내비게이션이 시내 안으로 안내하여 약 30분이 늦어진 것이다.

아침 식사를 맛있게 먹고 다시 이동하는데 영교 친구가 어디까지 오느냐고 전화가 왔다. 도착하면 자기 집에 와서 차를 한잔하고 가라기에 집 주소를 받아 각 차량에 문자 통보하고, 천안에서 혼자 달려오고 있는 병희에게도 문자와 함께 전화했다. 또 제일 먼저 도착하니 김영교 친구가 보름달 같은 함박웃음을 지으며 대원들을 반겼다. 영교 친구의 목소리는 대관령의 메아리처럼 모두를 즐겁게 했다. 나와 인연이 되면서 많은 울산 사람들이 영교 친구와 연결이 되었고 오늘도 이곳에 처음 오는 대원들은 또 인연이 이루어질 것이다.

차를 한잔 마시고 비닐 휴게소에서 짐을 재정비하고 축협 직원의 안내로 한일 목장으로 이동했다. 오를수록 길에 눈이 쌓여

있는데 영교 친구가 사전에 이야기한 산행 출발지를 통과하여 차량으로 올라가는데 길에 깔린 눈이 못 오르게 했다. 스노체인을 장착하고 오르니 체인의 크기가 맞지 않아 탈착된다. 두 번의 실패를 하고 슬링으로 체인 고정하고 조심조심 조바심을 달래며 차량이 들어갈 수 있는 곳까지 운행했다. 초지 위에 주차하니 부대장 차량이 체인 크기가 작아서 못 올라오는 것을 세호 차가 끈으로 견인하여 조금 늦게 모든 대원이 합류하여 기념촬영을 했다. 대관령의 한파가 손끝에서부터 매몰차게 인사했다.

등반대장과 창현이를 선두로 소황병산 야영장을 향해 등반이 시작되었는데 24명이 앞사람의 발자국을 따라 오르니 하얀 설원이 아름다운 동영상을 펼치고 있었다. 정강이까지 빠지는 눈 위를 약 30kg의 배낭을 메고 러셀 한다는 것은 많은 체력이 있어야 하는 중노동이다. 목장의 숲속 임도를 따라 오르다 철조망을 넘고 다시 임도를 따라가는데 왠지 방향이 틀린 것 같아 선두 제자리를 외쳤다. 앞으로 가니 다행히 다시 철조망 하단에 개구멍 같은 길을 만들어서 계곡으로 내려가고 있었다. 나도 초행길이지만 항상 느낌을 중요시하며 집중하여 신경을 쓰고 있었다. 이 많은 대원이 한번 길을 잘못 들면 엄청난 문제가 발생할 수도 있기에 후미에 있어도 계속 집중하여 신경을 놓을 수가 없다.

계곡까지 내려갔다 다시 치고 올라야 하는데 잡목 속이라 넝쿨에 들어가지 않으면서 지그 제그로 잘 헤치고 전진해야 했다. 작은 능선에 올라 배낭을 내리고 등반대장에게 전진할 방향을 지시하고 후미가 걱정되어 올랐던 길을 내려갔더니 대원들이 아이젠을 착용하고 잘 올라오고 있었다. 다시 올라 잡목 속을 조금 오르니 목장 초지가 나타나면서 멀리 눈에 잡히는 대관령 목장과 풍력발전기의 풍광에 나도 모르게

"아~~~~대관령"

이라 소리치게 했다. 앞서가는 대원을 바라보면서 시간을 보니 15시가 지나고 있었다. 늦어도 16시까지는 텐트를 치고 등반을 마무리해야 하는데 운행이 그림자의 크기만큼 걱정으로 다가온다. 태양은 서쪽 편에 있는 황병산의 능선을 따라가고 무거운 짐을 지고 첫 동계 등반을 나선 대원들은 배낭의 무게만큼 나를

짓눌렀다. 때에 따라 텐트를 일찍 칠 수도 있지만 많은 인원이라 식수도 걱정하지 않을 수가 없었다. 조바심에 다시 앞으로 치고 나가 선두와 함께 계획한 야영지에 도착하니 찬바람이 눈 위에서 뒹굴고 있었다. 등반대장에게 텐트 설치할 것을 지시하고 되돌아 만영이와 후미로 달려갔다. 다행히 모두 무거운 배낭에 잘 버티면서 오르고 있었다. 모든 대원이 야영장에 도착하여 텐트를 튼튼하게 치고 조별로 취사에 들어갔다. 밤하늘의 별들이 윙크를 던지니 가득 채워지지 않은 달이 대관령 구릉을 대낮같이 밝히고 바람은 어두운 숲을 찾아 잠을 자는지 고요했다.

12명이 텐트 한 동에 자기에는 너무 비좁아 나는 설원에 눈을 퍼내고 나만의 잠자리를 만들었다. 훈련 때마다 가장 고생하는 창현이 무상이와 함께 텐트에서 멀리 떨어진 초지에 앉아 신선주를 즐기니 기온이 낮아 술이 얼었다. 내 품속에 품었다가 권할 때만 꺼내어 잔에 따라야 했다. 우리는 알 수 없는 동질감을 공유하면서 또 다른 정을 쌓고, 침낭에 들어갔다. 눈을 뜨고 하늘을 보니 별들이 이제는 자기들이랑 놀자고 자꾸만 속삭였다.

27일(맑음)

6시 기상 시간을 조금 지나 텐트에 들어가니 병희 주도하에

아침을 준비하고 있었다. 계획은 조식 후 8시 훈련 출발로 되어있지만, 이렇게 많은 대원이 식사하고 준비하여 두 시간 만에 끝낸다는 것은 불가능한 것이다. 아침을 준비하면서 대관령에서 맞는 일출을 놓치지 않으려고 자꾸만 플라이 사이로 해가 뜨나 바라본다. 드디어 멀리 동해에서 붉은 태양이 불끈 솟구치면서 우리에게 꿈을 이루라는 메시지를 보냈다.

하네스에 스펫츠까지 완벽한 복장을 갖추고 대원들이 설원에 횡대로 자리하니 넓은 설원이 좁다. 부대장과 미옥이가 촬영 준비를 하고 각자 러셀 훈련에 들어갔다. 거의 무릎까지 빠지는 눈 위를 걸어가면서 길을 만들어가는 훈련이다. 이어서 선두가 러셀한 길을 따라 운행하다 경사진 곳에서 썰매를 타니 모든 대원이 나이는 숫자일 뿐 동심 속에 미끄러지고 있었다. 소황병산 정상에 올라 사방을 둘러본다. 며칠 있으면 동계올림픽 개회식을 진행할 스키 점프대가 멀리서 인사를 한다. 모두는 성공적인 올림픽이 될 것을 기원하면서 우리들의 꿈도 대관령 목장같이 활짝 펼쳐지리라 믿는다.

소금강 방향으로 운

행을 하니 눈은 무릎까지 빠지고 계곡의 경사는 심하여 가만히 있어도 아래로 미끄러진다. 중심을 잘 잡지 않으면 곤두박질칠 수도 있다. 한동안 내려가다 자일을 설치하고 하강했으며 주마 훈련하기 적당한 곳을 선택하여 1조 2조로 나누어 자일을 설치하고 주마 훈련을 하였다. 이번 훈련을 통하여 주마 사용법을 완벽하게 숙지하여야 하기에 계속 반복 훈련을 진행했는데 하강할 때는 미끄럼 탄다고 더욱더 즐거워했다. 부대장은 촬영하느라 많은 체력을 소진하면서 인터뷰를 하고 있었다. 내려갔던 계곡을 다른 곳으로 러셀 훈련을 하면서 목장 초지에 올라서니 바람은 휴가 갔는지 햇살이 너무나 따사롭다. 행동식으로 점심을 먹고 텐트로 이동하는데 눈이 쌓인 경사진 곳에서 대원들이 썰매를 타며 봅슬레이를 하며 즐겼다. 텐트에 가서 눈삽과 물병을 챙겨서 오후 설동 훈련 지점으로 출발했다.

소황병산 목초지에 눈이 내리면 바람이 한곳으로 모아놓은 곳이 우리가 설동을 파는 곳이다. 입구는 한 사람이 기어서 겨우

들어가지만, 속은 넓게 파서 활동할 수 있도록 하는 훈련인데 대원들이 교대로 작업하니 두 시간여 만에 전 대원(24명)이 들어가서 앉을 수 있는 설동이 만들어졌다. 다시 텐트로 이동하여 솔잎과 돼지고기를 넣고 수육을 삶고 있는데 김영교, 김용구 친구가 올라왔다. 반갑다. 너무 반갑다. 내가 여기 있으니 이렇게 추운 날씨인데도 불구하고 올라왔으니 대원들이 놀란다. 함께 저녁을 먹고 컨디션이 좋지 않은 대원 두 명은 텐트에 남고, 모두 설동으로 이동을 했다. 오늘 설동에서 취침할 대원은 침낭과 매트리스를 챙겨서 갔다.

24명이 설동에 들어가도 자리가 복잡하지 않다. 두 줄로 마주보고 앉았는데 이쪽 끝에서 저쪽 끝까지는 큰 소리로 말하지 않으면 잘 들리지 않는다. 산쟁이 방식으로 코펠에 신선주를 채우고 돌아가면서 원하는 만큼 마시며 자연스럽게 단장님의 하모니카 연주와 부대장의 진행으로 가요무대가 설동에서 열렸다. 밤 8시쯤 영교, 용구 친구가 하산을 위해 설동을 떠나고 조금 더 시간이 지난 후 텐트에서 취침할 대원들도 설동을 떠났다. 11명이 매트리스를 펴고 취침에 들어갔지만, 비좁지는 않다. 바람 한 점 없는 고요하고 포근한 밤이었는데 텐트는 강풍으로 잠을 설친 밤이었다

28일(오전 흐린 후 맑음)

소변이 마려워 설동 밖으로 나오니 밤사이 하늘에 구름이 덮여서 별이 보이지 않는다. 설동에서 맞을 일출을 기대했는데 오늘은 틀렸다.

조금 더 침낭에서 뒤척이다 7시 조금 지나 설동에서 잠을 잔 모든 대원이 아쉬움의 끈을 길게 늘어뜨리며 텐트로 돌아왔다. 아침을 요리하고 있었는데 어젯밤에 물을 끓이다 가스가 새어서 텐트를 태울뻔했다고 보고한다. 텐트 상단의 환기구에 있는 모기장은 불꽃에 타버리고 없었다. 아침을 먹고 있는데 부대장과 병희가 차 열쇠가 없다고 했다. 부대장과 몇몇 대원들은 설동까지 되돌아가서 넓은 초지와 눈밭을 찾아보았지만 보이지 않았다.

여성 대원과 일부 대원이 먼저 출발하고 잠시 후 모든 대원이 야영지를 출발했다. 올라갔던 길을 되돌아 하산하니 배낭도 가볍고 내리막길이 대부분이라 운행속도도 빠르다. 차량이 있는 곳에 도착하니 부대장이 차 열쇠를 찾았다고 연락이 왔다. 나중에 알았는데 올라갈 때 촬영한다고 카메라를 꺼내다 떨어뜨린 것인데 후미에 내려오던 동근이 눈에 뜨인 것이다. 정말 낙타가 바늘구멍 통과하는 격이었다.

나는 먼저 도착한 병희와 차량으로 이동하여 영교 친구 집에 가서 병희 차 열쇠를 찾았는데 아무리 찾아도 없었다. 잠시 후 병흔 대원에게서 연락이 왔는데 병희 차 열쇠를 찾았다고 했다. 이것도 나중에 알고 보니 병희가 거북이 빵을 사 왔던 가방에 차 열쇠를 넣어두었다. 병희 차 열쇠 찾는다고 먼저 영교 집에 왔더니 영교 부인이 맛있는 차를 우려 주어 마시고 모든 대원이 월정사 아래 일번가 산채식당에서 늦은 점심을 먹으니 수십 가지의 산나물만큼이나 펼쳐지는 이야기들이 끝날 줄 모른다. 수많은 에피소드와 문제들이 있었지만 모두 극복하고 해결되어서 간젤라픽의 등반도 유종의 미를 달성할 것이라 믿는다.

랑탕 예비 산행-천성산 혈수 계곡 등반

지난해 여름에는 많은 비가 내리면 계곡 등반하려고 여름 내내 기다렸으나, 많은 비가 내리지 않아 수량이 적은 계곡 등반을 하였다. 올해는 잦은 비로 물이 풍부하였는데 이번 주에도 매일 비가 내렸으며 일요일도 종일 비가 내린다는 일기예보와 토요일도 많은 비가 내리니, 대원들이 갈등을 겪고 있는 것 같았다. 하지만 나는 당일 현장에 가서 등반할 것인지 우회할 것인지 결정하면 된다는 생각으로 대원들에게 각자 맡은 준비물을 철저히 준비하도록 지시했다.

7시경 가게에 내려오니 이슬비가 내리고 있었다. 나와 산행을 처음 같이하는 대원이 나를 태우러 와서 탑승하고 명촌과 삼산에서 한 분씩 태워서 구삼호교 아래 다목적광장 집결지로 이동하는데 태풍으로 폐쇄한다고 문자가 왔다. 집결지에 도착하니 먼저 도착한 대원들이 도로 주변에 주차하고 우왕좌왕하는데, 해지되었다며 공무원이 와서 다목적광장 입구를 개방하여 일부 대원은 주차하고 11명의 대원이 차량 3대에 나누어 타고 출발했다.

　백동 저수지를 지나 전원주택단지 위쪽의 소나무 숲에 주차하

고 원적암 다리를 지나니 수량이 너무 많아서 계곡 등반이 가능할까 하는 생각이 급류처럼 다가온다. 원적암 입구에 안내 표지판에도 등산로가 붕괴하여 입산 통제한다고 표기해 놓았다. 우리는 조용히 잡초가 등산로까지 막은 길을 통과하여 계곡 산행의 들머리에 도착하니 수량이 굉음을 지르며 우리를 거부하는 것 같았다. 나는 잠시 망설이다 곧바로 급류를 건너서 로프를 설치하고 대원들을 건너게 하여 모두 집결시켜놓고 계곡 등반의 주의할 점을 주지시키고, 여성 대원들은 안전벨트를 착용하도록 했다.

정상은 오르지 못하더라도 안전사고는 발생해서는 안 되었기에 로프를 설치하지 않아도 될 것 같은 곳도 로프를 설치하여 올랐다. 엄청난 수량으로 떨어지는 수많은 폭포수를 가슴에 안으며 눈으로 감탄사를 지르며 오르는데, 일기예보에 많은 비가 내린다는 예보는 폭포수가 싣고 떠내려가고 잠깐씩 구름 사이로 태양이 미소를 짓는다. 계곡을 건너기도 하고 작은 폭포수는 물속으로 오르기도 하고 엄청나게 내리는 폭포수는 옆으로 살짝 건드리면서 오르고 또 올랐다.

물에 젖은 몸에 한기가 들 때 잠깐 비추는 햇살은 사막의 오아시스였다. 법수원 옆의 계곡은 사유지라 절에서 철조망을 휴전선보다 더 완벽하게 설치해 놓았다. 급류를 횡단하여 너들 지대를 지나 잡목 속을 통과하여 다시 계곡으로 들어갔다. 많이 올랐지만, 물은 여전히 굉음을 지르며 빠른 속도로 낙하하고 있어 폭포수 속으로는 오를 수가 없었다. 층층이 만들어진 폭포 중간에 우리가 모두 함께 할 수 있는 평탄한 물가에 자리를 잡고 준비한 소고기를 구워서 신선주를 부딪치니 모두가 신선이다. 허기진 배 속에 신선주가 먼저 들어가니 기분이 황홀하다. 우리는 종아리까지 빠지는 물속에 들어가 어깨동무를 하고 첨벙거리며 돌면서 강원도 아리랑을 물속에 숲속에 구름 속에 수놓았다.

랑탕 예비 산행-가지산

김창호 대장이 이끄는 원정대가 구르자히말 봉 남벽 신루트 등반을 떠났다가 베이스캠프에서 기상악화로 등반해보지도 못하고 전 대원이 세상을 떠난 비보가 전해졌다. 내가 1988년 첫 히말라야 등반을 하러 가서 등정했던 산이 구르자히말 봉이다. 김창호 대장은 원정을 떠나기 전 산악영화제 기간에 울산을 방문하여 함께 식사하며 이번 원정 이야기도 나누었고 나는 무사히 다녀오라는 말도 했다.

지난날을 회상해보니 구르자히말 봉의 남벽이 희미하게 그려지는데 김창호 대장은 등반해보지도 못하고 죽음의 길로 떠나버렸다.

　　그리고 오는 26일 나는 18명의 대원과 랑탕산군의 간젤라픽 원정을 떠나는데 슬픈 소식은 대원들을 놀라게 했다. 우리는 순수한 아마추어 대원들이라 김창호 대장처럼 거대한 벽 등반도 아니고 위험성이 배제된 안전한 대상 산이며 고소 적응만 잘하면 오를 수 있는 산이다. 그래도 팀을 이끄는 나의 마음은 대원의 안전 산행을 바라는 마음에서 영남알프스의 최고봉 가지산 정상에서 일출 시간에 맞추어서 안전 산행 기원제를 올리고 싶어 야간 산행을 하기로 했다.

　　13일 밤 20시경 출발하여 두 명의 대원을 태우고 석남터널을 지나 우측 주차장에 도착하니 단장님께서 먼저 도착하여 기다리고 계셨다. 밤 10시경 어둠이 가득 찬 숲길을 헤드 랜턴 불빛으로 길을 찾아서 느리게 올랐다. 계곡을 달리는 물은 고향의 소리로 들리고 피부를 어루만지는 상큼한 공기는 오랜만에 산을 만난 나에게 환영의 악수를 한다. 느리지만 쉬지 않고 오르는데 하늘 높이 자라 버린 나무들이 밤하늘의 별들을 모두 감추어서 별이 보이지 않는다. 느린 걸음 속에 추억이 떠올랐다. 이 길을 약 40년 전에 처음 찾았을 때는 나무들이 나보다 키가 작았는데 지금은 몇 배는 자라 버렸다. 산길을 빠른 속도로 달리면 사색이 따라오지 않지만, 느리게 걸어가다 보면 사색이 벗이 되어 함께 걸어간다.

인간이 만들어놓은 계단 길을 땀을 훔치며 오르고 또 올라서 중봉에 올라서니 별이 밤하늘에 가득하다. 저 멀리 발아래 그려놓은 야경이 휘황찬란하다. 이마에 맺힌 땀을 누가 금방 훔쳐 가고 다시 숲속으로 정상을 오르기 시작했다. 마지막 가파른 바위를 올라 정상에 도착하니 바람이 깊은 잠을 자는지 조용하다. 정상에 게양된 태극기도 펄럭이지 않는다.

우리는 정상에 매트리스를 펴고 단장님께서 지난해 가지산에서 채취하여 담은 마가목 담금주에 족발을 벗하여 신선 놀이를 즐겼다. 시에라컵에 담긴 별들이 하나둘 식도로 넘어가니 취기가 나를 채우더니 가지산에 퍼진다.

침낭에 들어가 밤하늘을 보니 별들이 파티하고 있다. 나도 별들과 어울려서 파티했다. 인기척이 나서 침낭 밖으로 고개를 내미니 지난밤 먼저 도착하여 정상 아래 천막에서 자다 추워서 올라온 등산객 두 분이 있었다. 인사를 나누고 동녘 수평선을 보니 태양이 기지개를 켜고 외출을 하려고 했다. 서둘러서 대원들을 깨우고 일출을 카메라에 담고 단장님께서 준비한 음식을 차려놓고 이번 원정 등반이 무사 산행이 되도록 가지산 산신령님께 간절히 부탁을 드렸다.

라면과 밥에 능이버섯을 넣고 끓여서 정상에서 아침을 먹으니 능이버섯의 향기가 가을의 맛으로 입안 가득하다. 간밤에 서리에 젖은 침낭을 햇살에 대충 말리고 하산하니 일요일이라 많은 사람이 산을 오르고 있었다. 내려가면서 나는 가지산 산신령님께 다시 한번 더 간절히 부탁드렸다.

"간젤라픽 등반 아무런 사고 없이 마칠 수 있도록 보살펴 주십시오"

챌린지 랑탕 히말라야 원정기

(2018년 10월 26일~11월 7일)

산에 가는 것은 산이 그곳에 산이 있기 때문에 가는 것이다. 그러나 누구나 산을 가지는 않는다. 산에 가서 즐거운 사람들이 산으로 간다.

산은 무상의 행위이다. 빈손으로 갔다가 빈손으로 온다. 산에서 무엇인가를 가지고 오는 사람들은 목적이 산에서 무엇인가를 얻으려고 가기 때문이고, 나처럼 그냥 산이 좋아서 가는 사람은 대부분 빈손으로 오지만, 산을 가고 또 간다. 그것은 산이 나를 즐겁게 하기 때문이다. 회자되는 이야기로 산이 그곳에 있기 때문에 산에 간다고 하지만, 나는 내가 산에 있을 때가 즐겁기 때문에 간다. 그래서 가만히 생각하니 산에 있을 때가 행복한 시간이었다. 산에 가는 이유는 행복하기에 산에 간다고 이야기하고 싶다.

　새벽 3시 40분에 일어나서 샤워하고 자는 아내의 뺨에 도장을 살짝 찍고 카고백과 배낭을 메고 현관문을 나서니 만영이가 어둠 속에서 인사한다. 동구의 대원들이 차례로 탑승하고 동천체육관, 공업탑 로터리를 돌아 신복로터리에 도착하니 이른 새벽인데 형태가 송별을 나왔다. 금일봉을 주면서 조심해서 잘 다녀오라는데 고마우면서도 부담스럽다. 언양에서 서연이가 마지막으로 탑승하여 이번 원정대원 18명을 모두 태우고 인천 영종도 국제공항으로 질주했다.

　아내는 많은 대원과 조심해서 안전하게 다녀오라고 전화했다. 마음속에 자리를 비우면서 미안하고 죄스럽던 마음이 아내의 따스한 말 한마디에 신명이 났다. 비행기가 하늘을 날면서 나는 30년 전에 첫 원정 때 캐러밴 하면서 구름 위에 솟아있는 흰 산을 보았을 때의 떨림이 이번 원정 대원들도 같은 느낌으로 다가올까 생각해 보았다.

깊은 수면으로 몸과 마음이 상쾌하다. 당장 간잘라 정상을 오를 수 있을 것 같은 기분이다. 즐거워진 기분에 산책하러 나갔더니 숲속에서 원숭이가 무리를 지어 놀다가 이방인을 보고 소리치며 주변을 배회한다. 먹을 것을 달라고 하는 것 같은데 새벽 산책 나온 나에게는 아무것도 줄 것이 없다.

리조트에 있는 골프장에 갔더니 아직 달빛이 잔디밭에 앉아 있어 라운딩 하고 싶어지는 아침이다. 아침을 먹고 일부 짐을 분리하여 대포하고 버스에 카고백을 싣고 있는데 다와가 왔다. 나는 입고 있는 재킷에 사인을 부탁했더니 모든 대원이 모자에 다와에

게 사인을 부탁하고 기념촬영을 했다. 갑자기 영웅이 된 다와는 기분이 얼마나 좋았을까 생각하니 입가에 미소가 저절로 생긴다.

7시경 리조트를 벗어나 뿌연 먼지 속의 카트만두 거리를 지나서 산비탈을 달리고, 강을 끼고 달려서 열한 시 삼십 분경 제법 큰 마을의 식당으로 들어갔다. 대원들은 처음 현지식으로 달밭이란 음식을 받게 되었다. 나는 현지인처럼 숟가락을 사용하지 말고 손으로 먹자고 했는데 다수의 대원은 수저로 먹었다. 알량미로 지은 밥에 달이란 소스를 뿌려서 손으로 먹으니 밥알이 손가락 사이에서 숨바꼭질하느라 입 안에 넣기가 쉽지 않았다. 그러나 나에게는 여러 차례의 네팔 방문 때마다 먹었던 음식이라 이제는 향수의 음식처럼 느껴져 맛있었다.

버스가 달리는 것이 아니라 기어가는 것이란 표현이 맞다. 비포장길이 대부분인데 어떨 때는 노면이 울퉁불퉁하여 뒷자리에 앉은 대원의 머리가 버스 천장까지 높이 뛰기도 하며 깜짝깜짝 놀라게 했다. 창밖으로 들녘을 바라보니 추수하는 모습이 우리나라의 조선 시대 모습이다. 논 가운데 천막을 펴고 돌에 볏단을 두드려서 타작하고 있었다. 바라보고 있는 나의 손에 핸드폰이 있다. 논에서 일하고 있는 농부에게도 핸드폰이 있을 것인데 타작을 저렇게 하고 있으니 조선 시대와 21세기가 같은 공간에 공존하는듯하다.

산을 지그재그로 버스가 오르고 또 오른다. 중간쯤에 검문소가 있어 쉬어가라는 것처럼 검문하고, 강가를 달릴 때는 하늘 높이 보이던 산들이 이제는 눈 아래 보인다. 건너 쪽 산비탈에 거미줄 같은 길이 그려져 있고 도저히 살 수 없을 것 같은 급사면에 수직의 계단 논이 있다. 바라보는 대원들의 눈에는 경이로움으로 보였을 것이다.

고도계가 해발 2,000m 정도 가르키니 다시 검문한다. 모두 내려서 군인들과 기념촬영을 하고 시원한 바람을 마시며 기다리니 통과시켜 주었다. 현지 가이드 이야기로는 어떨 때는 카고백 전부를 내려서 하나하나 검사를 하면 몇 시간이 소요될 때도 있다고 했다. 버스는 수백 m의 난간 위를 곡예하며 달린다. 마주 오는 차량과 교차할 때는 간이 콩알만 해지기도 한다. 그리고 뒤따라 버스 안으로 파고드는 먼지는 숨을 멈추게 한다. 이번에는 내리막길을 꿈틀꿈틀 기어서 해발 1,400m까지 가니 어둠과 함께 오늘의 종착지인 샤브루베시에 도착했다. 약 150km 거리를 오는데 장장 11시간이 걸린 것이다. 아마 느리게 달리기 대회를 했으면 기네스북에 올라가지 않았을까?

17시 30분경 예약된 산장에 들어가서 밀크티를 마시고, 주방 스텝들이 하루 먼저 도착하여 삶은 돼지 수육으로 오는 중에 목에 걸린 먼지를 씻어 내렸다.

네팔의 국제공항은 10년 전이나 지금이나 변한 것이 없다. 비자 발급받는 것도 느리고, 입국 수속받는 것도 느리다. 손님을 배려하는 것도 더더욱 없다. 업무를 보다가도 개인의 볼일이 있으면 그것이 우선이다.

20개의 카고백을 찾아서 공항을 빠져나오니 현지 가이드가 유창한 한국말로 인사를 한다. 그리고 2016년 마나슬루 등반 시 함께 했던 댄디 셰르파가 대장님 하고 반가이 인사를 했다. 새삼 인연이란 것의 경이로움을 느끼고 있는데 처음 이곳을 찾은 대원들에게 네팔의 이미지가 어떤 모습으로 다가갔을지 궁금하다.

승합차로 늦은 저녁을 먹기 위해 빌라 에베레스트로 이동하는데 거리의 무질서는 여전하고 신호는 없다. 한국에서 미세먼지 예보를 하는데 여기는 하루하루가 미세먼지 극도로 나쁨이다. 약 30분간 뽀얀 먼지 속을 달려서 식당에 도착하니 반갑다. 원정 올 때마다 한 번쯤은 이 식당에서 삼겹살을 구워 먹었기에 정이 들었다. 미리 상차림을 해놓아서 즉시 삼겹살을 굽기 시작했다. 이국 만 리 네팔의 첫 식사는 삼겹살에 소맥 반주였다.

이곳에서도 나를 보고 반가이 인사를 하는 사람이 있었다. 이번 원정의 현지 에이전트 회사의 부사장 다와였다. 그는 셰르파 출신으로 8,000m 14봉을 두 번째 완등한 유명한 사람이다. 2년 전 마나슬루 등반 때 만났다. 잠시 후 다와의 동생 따시까지 찾아와서 우리를 환영해 주었다.

식사 후 다시 버스를 타고 오늘의 숙소인 고카리나 리조트를 찾아 먼지 속을 질주했다. 도로를 확장한다고 공사를 한참 하고 있었다. 고카리나 리조트에는 2년 전에 등반을 마치고 시간이 있어 김재수 대장과 함께 라운딩 했던 카트만두에 있는 두 곳의 골프장 중의 한 곳이었다. 먼저 도착한 카고백을 정리하고 온몸에 묻은 먼지를 씻었다.

10월 28일 랑탕 등반 시작

세월이 쉬지 않고 흘러가듯이 밤사이 강물도 쉬지 않고 흘러간다. 요란한 소리를 지르며 흘러간다. 잠결에 귀를 두드리는 강물 소리에 눈을 뜨니 4시경이다 날진 병의 따스함을 품에 안고 뒹굴다, 4시 30분경에 랜턴을 들고 식당으로 내려가서 글을 쓰고 생각에 잠긴다.

어둠이 강물처럼 흘러가고 11년 전 이 마을에 왔을 때 강가에 온천수가 있었던 곳이 생각나서 찾아갔다. 마을 아낙네 7명과 남정네 한 분이 가슴까지 오는 망토를 걸치고 정강이까지 차는 온천수에 같이 들어가서 온천욕을 즐기고 있었다. 시간이 없어 함께 온천욕을 즐기지 못한 아쉬움으로 사진 한번 찍을 수 있냐고

물었더니 안된다고 했다. 우리가 아침을 먹기도 전에 짐꾼들이 먼저 출발하고 드디어 카라반이 시작되었다.

현지 가이드의 주의사항을 듣고 아직은 고산병을 느끼지 않는 고도인데 일렬로 줄을 만들어서 느리게 운행하는 모습이 우스

PART 2 산과 함께 산 이야기

워서 혼자 키득거렸다. 처음 만난 출렁다리를 건너면서 동영상까지 찍는 모습도 재미있었다.

갈수록 가슴을 시원하게 정화해주는 공기는 마음을 즐겁게 하고 나의 아들. 딸보다 한참 어린 셰르파들과 한 무리되어 걷다가 내 나이가 얼마쯤 되어 보이냐고 물으니 40살쯤 되어 보인다고 했다. 스무 살을 내려주니 강물도 거슬러 올라가는 기분이다. 하지만 셰르파들 고향 마을의 40대가 내 모습이려니 생각하니 대한민국에 태어난 것이 행운이다.

까마득히 높은 곳에서 흘러내리는 폭포는 모두의 발걸음을 멈추게 하고 다양한 포즈로 카메라 속으로 들어간다. '천천히'를 네팔 언어로는 '비스타리 비스타리'이다. 우리는 아름다운 경치에 빠져서 비스타리 걷다 보니 롯지가 있어 밀크티를 큰 보온병 2병을 주문하여 차를 마시며 여유로운 캐러밴을 했다. 그러나 대원 한 명은 설사하며 고통을 호소하고, 또 한 명은 운행이 빠르다고 해서 더욱 비스타리 운행을 했다.

다시 만난 마을에서도 밀크티를 마시며 셰르파 등에게 그들의 민요 레썸 삐리리를 부르게 하고 우리는 다 함께 아리랑을 불렀다. 아직은 고소가 없으니 아름다운 계곡이다. 깎아지른 협곡으로 밀림의 숲을 지나 오늘의 숙박지인 라마 호텔에 도착했다.

먼저 백원진 원장님께서 준비해준 의약품을 현지인에게 지급

했다. 우리가 전문의가 아니라서 그들에게 준 의약품은 복용하는 것은 없었고 대부분 근육통이나 관절염 등 바르거나 붙이는 의약품이지만, 현지인에게는 소중하고 귀한 약품이다. 고마워하는 현지인의 순박한 미소에 해맑은 백 원장님의 얼굴이 겹쳐지고 있었다.

배정된 방에 들어가니 침대가 삐걱거린다. 우리 방에는 전구가 고장 나서 주인에게 이야기했더니 얼마 전 한국 트래커들이 단체로 와서 고장 냈다고 한다.

저녁을 먹고 일찍 자려고 하니 밤이 길어서 난롯가에 앉아 내가 체험했던 고산 등반 이야기와 남극 탐험 이야기를 여러 사람에게 들려주었다. 헤어져 방으로 가는데 주방에 현지 가이드와 셰르파들이 있어 들어가서 함께 네팔 막걸리인 창을 한잔 마시니 서서히 몸과 마음이 히말라야에 동화되어 갔다.

10월 29일 해발 3,200m 랑탕 마을에서

이른 새벽 밖으로 나와서 하늘을 보니 반달 주변에서 별들이 산책하고 있다. 나도 별들처럼 히말라야 달빛 속에서 산책한다. 여러 차례 히말라야를 찾았지만, 이번 원정은 순수한 아마추어로 구성된 대원들이다. 그들은 나를 만나서 지금 여기까지 왔으니 내

가 대원들의 안전 등반과 각자 만족할 수 있는 등반이 되도록 재
능기부를 다 해야 한다고 생각했다. 대원들 한 명 한 명이 기특하
고 예쁘게 다가왔다.

강을 옆에 끼고 숲속으로 형성된 길을 올라가니 깎아지른 암릉의 산들이 솟아날 것 같다. "안녕하세요"란 인사가 네팔 언어로는 "나마스테"이다. 이제 대원들도 현지인이나 등반자들을 만나면 나마스테란 말을 미소를 띠면서 한다. 대원들도 히말라야에 동화되어 가는 기분이다. 숲 위로 멀리 눈을 머리에 이고 있는 흰 산이 보인다. 일순간 대원들은 일제히 카메라에 집어넣기 바쁘다. 갈수록 더 가까이 더 많이 흰 산을 만날 것인데 지금은 처음 만난 흰 산이 아름다울 것이다.

점심시간이 지났는데 롯지가 있는 마을에서 자리를 빌려주지 않아 약 20여 분 더 올라갔다. 먼저 도착한 쿡이 열심히 요리하고 있다. 자리하니 국수를 아주 맛있게 삶아서 달걀까지 반 토막 올려놓았다. 허기진 대원들의 입가에 웃음꽃이 핀다. 히말라야의 산속에서 국수를 먹으니 신기하다. 후식으로 토마토까지 먹고 만삭이 된 배속에 차까지 밀어 넣었다.

2014년 네팔에 대지진이 일어났다. 우리가 숙박하는 랑탕이란 마을이 그곳이다. 지진으로 거대한 빙하가 무너져 산사태를 만들면서 마을 전체가 산사태에 매몰되어 사람이 약 200명, 가축이 약 100마리 정도가 가옥과 함께 매몰되었다. 그 마을이 있었다는 곳엔 아직 녹지 않은 빙하와 흙더미가 넓게 자리하고 몇 포기의 풀들이 바람에 나부끼고 있었다. 단 한 구의 시신도 발굴하지 못한 채 매장이 된 건너편 산 사면에는 산사태 후폭풍으로 아름드리나무들이 모두 같은 방향으로 쓰러져 있었다. 저절로 "옴마니 반메옴"이라 응얼거려진다.

산사태가 난 위쪽에 새로운 마을이 신속하게 형성되었고 또 열심히 집을 짓고 있었다. 마을에 위령탑도 만들어놓아서 대원들도 모두 고인들의 넋을 위로했다. 랑탕 마을이 해발 약 3,200m 정도이니 대원들이 고소가 올 수 있는 높이다. 모두에게 천천히 움직이라 하고 머리를 따뜻하게 보온하고 따뜻한 물을 자주 마시라고 했다. 그런데 단장님께서 처음 만난 수많은 폭포와 흰 산을 보시고 뛰어다니며 사진을 찍으시더니 두통 몸살기로 고통스러워하신다. 이제 고도가 높아지니 밤에는 기온이 내려가서 추웠다. 침낭 속에서 따뜻한 날진 병의 행복을 느끼며 고인들의 명복을 빌었다.

10월 30일 해발 3,800m 오지마을

오늘은 3~4시간 정도 캐러밴 하면 되는 거리다. 고도는 약 600m 정도 올라가면 되지만 고산병이 걸리는 높이다. 한 시간 늦은 9시에 출발하는데 아침에 등반대장도 지난밤에 머리가 노출되어 찬바람을 맞아서 고통스러웠다고 한다. 단장님은 밤사이

두통과 몸살기로 출발 전에도 누워계셨다. 다른 대원들도 설사하거나 두통으로 고통스러워했다. 어차피 고산병은 시간이 해결해 주는 것이니 더욱 비스타리 비스타리 움직였다.

수목 한계선을 지나서 햇볕에 노출되어 캐러밴을 하지만 시야가 훤히 보여서 멀리 눈 덮인 산들이 병풍처럼 그림을 그리고 있었다. 이번 원정은 대원 18명에 유라시아 가이드 1명, 현지 가이드 1명, 셰르파 7명, 주방 요원 7명, 짐꾼 42명 등 총 76명이 함께 하여 이동하고 있다. 우리가 올라야 할 간잘라 봉이 멀리서 하얀 모자를 쓰고 어서 오라 손짓하고, 우리는 구름과 숨바꼭질을 하는 간잘라봉을 바라보며 강진곰파 마을을 향해 오르는데 마음은 간잘라봉을 오르고 있었다.

작은 능선에 올라서니 눈 앞에 펼쳐진 강진곰파 마을이 우주에서 만나는 도시처럼 나를 놀라게 했다. 지금까지 지나온 마을 중에 가장 큰 마을이었고 해발 3,800m에 이렇게 큰 마을이 있을 거라고는 생각을 못 했다. 우리가 숙박할 호텔에 찾아가니 주인은 한국에 가서 7년 동안 돈을 벌어서 건물을 지었다며 한국말도 조금 했다. 4층의 다용도실의 벽에는 많은 한국 트레커들이 남긴 흔적이 남아 있었고, 우리 팀도 스카프에 서명하여 벽면에 부착했다. 네팔 대사관과 협약을 체결하여 한국인 비상 대피소로 지정하였다. 차를 마시고 휴식이 필요한 대원은 휴식하고 나는 대원들과 고소 적응차 뒷산을 올랐다. 해발 4,000m 정도 올라서니 지나온 길들이 아스라이 펼쳐져 있었다. 우주의 도시처럼 첫눈에 들어왔던 강진곰파 마을은 여전히 같은 느낌으로 발아래 보였다. 마을에 내려오니 단장님께서 라면이 드시고 싶다고 해서 쿡(다와)에게 요리하여 줄 것을 지시했다. 음식이 먹고 싶다는 것은 고소가 적응되고 있다는 것이니 다행이다.

해발 3,800m의 오지마을 숙소 앞에 커피숍이 있었다. 밍마와 라테를 주문하여 마시며 나는 대원들 한 사람 한 사람의 건강 상태를 점검했다. 내가 할 수 있는 것은 개인이 경비를 부담하여 원정을 왔으니 만족할 수 있는 등반이 되도록 배려하는 것이다. 저녁을 먹고 대원들에게 지금까지는 트래킹이었고 내일부터는 본

격적인 등반이니 롯지에 대포할 짐을 분류하여 남기고 각자의 관리를 철저히 하도록 당부했다.

10월 31일 베이스캠프

베이스캠프로 올라가는 날이다. 9시경 출발해서 강을 건너고 밀림 숲으로 올랐다. 지금은 우기가 아니라 나무들에 이끼가 노인의 수염처럼 달고 있었고 짧은 거리의 밀림지대를 지나서 작은 능선에 올라서니 찬바람이 인사를 한다. 배낭에 재킷을 꺼내어 입고 비스타리 비스타리 올라가니 반갑지 않은 고소란 놈이 대원들을 반긴다. 야크의 울타리인 듯 돌들을 쌓아서 만들어놓은 곳에 따스한 햇볕이 머무르고 있어 우리는 야크 똥 밭에서 간식을 먹고 물을 마셨다. 일부 대원은 운행속도가 더욱더 느리다. 넓은 초원을 가로질러 비스듬히 오르기 시작했다. 저 멀리 작은 능선에 융다가 펄럭인다.

나는 아직 고산병으로 두통은 없었다. 조금 빨리 걸어가면 호흡이 가쁠 뿐이다. 그러나 4,000m를 오르면서 두통약을 한 알 복용했다. 가파른 구간에 더욱 천천히 올라서니 융다가 머리 위에서 춤을 추고 건너편 초원에 노란 텐트가 여러 동 쳐져 있었다. 저곳이 우리들의 베이스캠프인데 포터들과 셰르파들이 먼저 도착

하여 설치하였다. 우리는 능선에 있는 작은 케른에서 기념촬영하
며 간식을 먹었지만, 저 멀리 느리게 올라오고 있는 일부 대원이
걱정되었다.

조금은 위험한 바윗길을 지나 베이스캠프에 도착했다. 먼저 올라온 카고백을 찾아서 매트리스를 펴고 침낭도 펼쳤다. 식당 텐트에 가서 차를 한잔 들고나와서 병풍처럼 펴놓은 흰 산들을 바라보면서 저 산은 어디로 올라야 정상을 갈 수 있을까? 눈으로 코스를 그려보았다. 산마다 코스를 그려보고 있으니 구름이 심술을 부린다. 지금까지 여러 차례 등반하며 머물렀던 베이스 중에 지금의 베이스가 가장 경치가 좋았다.

마지막으로 베이스에 도착한 여성 대원이 나를 보더니, 대성통곡한다. 한동안 울음을 멈추지 않아서 나도 안절부절못했다. 울음을 그치고 나에게 하는 말이 나를 보는 순간 지나온 삶이 주마등처럼 상기되어 자신도 모르게 눈물이 났다고 했다. 고소 적응이 되지 않아 너무 괴로워서 강진곰파로 내려가고 싶다고 했으며, 저녁도 먹지 못하고 침낭 속에 누워있으니 나도 마음이 아프다. 시간이 지나서 고소 적응이 되면 좋아지겠지 하는 바람뿐이다. 대원들은 저녁을 먹고 식당 텐트에 둘러앉아 음악을 틀어놓고 어깨춤을 추며 히말라야의 밤을 즐겼는데, 마음 반쪽은 고산병으로 침낭 속에 있는 대원 걱정으로 즐겁지 않았다. 식당 텐트를 나와서 밤하늘을 보니 은하수와 별들이 총총히 수를 놓고 있었다. 내가 지금까지 살아오면서 본 별들 중 가장 많이 보이는 별들이다. 오늘 밤하늘의 별들이 미치도록 아름답지만, 왠지 지나온 세월을 되돌아보게 해서 인생무상이란 생각이 별들의 숫자 만큼 가득하다.

<hr>

11월 1일 고소 적응을 위해 휴식

일기를 쓰지 않으면 오늘의 날짜를 망각하고 살아갈 것이다. 핸드폰도 되지 않으니 핸드폰의 구속에서 벗어났다. 자연 속에서 간잘라 정상이란 목표를 향해서 먹고, 자고, 오르는 것일 뿐이다. 그러나 그곳에는 고소란 놈이 우리의 마음을 흔들어 놓는다. 미풍도 강풍으로 느끼게 하는 마력을 가지고 있다. 새벽에 등반대 장이 고통스러워했다. 병우가 수지침으로 손가락에 침을 놓고 약 을 먹고 주물러서 응급 처치했다. 이번 원정에는 대원들이 설 사를 많이 했다. 쿡에게 물을 많이 끓이도록 지시했지만, 이상하 리만큼 모두 설사했다.

이른 아침 우모복을 입고 산책을 했다. 내 생각에는 정상을 어떻게 오르나가 아니고 오늘 대원들의 컨디션이 어떠할까, 17명 의 얼굴들이 자는 텐트에 그려지고 있었다. 조금 높이 올랐더니 랑탕리웅의 꼭대기가 붉은 화장을 하고 아침 인사를 했다. 이어 서 눈 덮인 산들이 차례로 같은 화장을 하고 있다. 감동이다. 화 장하는 산들을 나는 놓치기 싫어서 카메라 속에 가두고 또 가두

었다. 한국에 가서도 두고두고 꺼내 보려고 모두 가두었다.

간밤에 서리가 베이스를 하얗게 만들었다. 오늘은 고소 적응
하기 위해 하루 휴식하는 날이다. 아침을 먹는데 일부 대원들이
보이지 않는다. 수연이와 등반대장이 너무 고통스럽다고 해서 밍
마와 함께 강진곰파로 하산시켰다. 단장님도 주현이도 텐트 밖으
로 나오지 않는다. 캐러밴 첫날부터 설사하며 고통스러워했던 일
윤이는 다행히 컨디션이 회복되었다. 구름 한 점 없는 청 푸른 하
늘은 픽켈이 닿기만 해도 수박처럼 금이 갈 것 같은데, 내 마음
은 먹구름이 가득하다.

부르지도 않았다네

가라고 하지도 않았다네

내가 너를 만난 지 30년

너는 그대로인데

내 마음도 그대로인데

나의 머리에는 눈이 내렸구나

낮에는 정상에 오를 때 착용할 장비(쥬마, 아이젠, 안전벨트)를 점검하고 컨디션이 괜찮은 대원들은 베이스 주변에서 산책하며 고소 적응을 했다. 오후 늦은 시간 밍마에게 연락이 왔다. 등반대장과 수연이가 강진곰파에 도착했단다. 셰르파들은 제자리 멀리 뛰기와 무거운 돌을 가지고 투포환 놀이를 했다. 고소 적응이 되어있는 그들이 부럽다.

11월 2일 비스타리(천천히) 해발 5,000m

이번 원정 출발하고 하루도 날씨가 좋지 않은 날이 없었다. 오늘도 구름 한 점 없는 청 푸른 하늘이다. 밤에는 기온이 내려가서 아침에는 서리가 베이스 캠프를 하얗게 염색했다. 하지만 햇볕이 들어오면서 금방 탈색되어 버렸다.

　오전에 하이캠프에 올려야 할 장비들을 3인 1조로 편승하여 공동으로 카고백에 넣었다. 그 조가 하이캠프에서 텐트를 같이 사용한다. 강진곰파에 내려간 등반대장과 통화하니 두 사람 모두 컨디션이 회복되었다고 해서 나는 등반대장에게 올라오지 않고 무엇하느냐고 야단을 쳤다. 우리의 카고백을 올릴 짐꾼들이 9시 경 도착하고 11시 30분경 점심을 국수로 먹었다. 쿡이 요리를 잘 한다는 생각이 든다. 베이스캠프에서 국수를 퍼지지 않게 요리하 는 것은 상당한 기술이 필요하다. 그것만으로도 칭찬할 만했다.

　12시 30분경 우리는 베이스캠프를 출발해서 아주 비스타리 비스타리 올라갔다. 초원을 올라서 조금은 위험한 작은 계곡을 횡단했다. 다시 초원에 올라서 내려다보니 베이스캠프도 노란 점을 찍어놓은 듯이 보인다. 나는 초원을 지나면서 대원들보다 조금 빨리 움직였다. 완만하고 긴 너덜 지대를 올라 계곡을 가로질러서 다시 가파른 너덜의 산 사면을 올랐다. 하이캠프를 오르는 어프로치가 생각보다 멀었다. 이제 해발 5,000m를 넘어가므로 나는 두통이 없어도 진통제를 한 알 먹었다. 풀 한 포기 없는 황무지의 능선에 올라서니 가까이 만년설이 보이고 핑크빛의 텐트가 여러 동 설치되어 있다. 우리의 하이캠프다.

식당 텐트에 가서 차를 한잔 마시고 뒤돌아서 내려가니 대원들이 힘들게 올라온다. 함께 올라오면서 도움을 주는 셰르파들이 고맙다. 고산 등반에서는 셰르파의 도움이 필수적이다. 그들은 고산족이며 직업이 고산 가이드라서 고소 적응이 완벽하게 되어 있다. 우리는 짧은 일정으로 고소 적응이 되기도 전에 정상을 올라야 하므로 셰르파의 도움을 받지 않으면 등반이 어렵다. 할 수만 있으면 충분한 시간으로 고소 적응을 마치고 등반하면 재미있게 등반을 할 수 있을 것이다.

어둠이 베이스에 내려올 무렵 대원들도 모두 도착했다. 힘들어하는 대원들을 보니 안쓰럽다. 배정된 텐트로 대원들이 들어가고 셰르파들이 차를 나른다. 임주현 씨는 도착하자 침낭에 들어가서 움직이지 않는다.

텐트를 돌면서 대원들을 체크하고 조금 벗어난 곳에서 밀어내기를 하니 별들이 모두 내려다본다. 저녁을 텐트마다 셰르파들이 배달해서 병훈이랑 한 그릇 먹었는데 주현이는 먹지를 못한다. 내일 새벽에 정상을 향해 출발해야 하는데 걱정이다.

11월 3일 이번 원정은 여기까지(해발 5,450m)

셰르파들이 깨우는 소리에 잠을 털고 침낭 밖으로 나왔다. 뒤따라 차를 주고 누룽지를 들고 왔다. 한 그릇을 먹었는데 주현이는 한 컵도 먹지를 못한다. 텐트 밖으로 나오니 별빛이 바위에 부서지고 있었다. 모두 장비를 챙기느라 분주하다. 나는 텐트를 돌면서 체크하는데 병우가 단장님께서 간밤에 산소를 마셨다고 했다. 단장님에게 정상을 포기하라고 했는데 몸 상태가 괜찮다고 가시려고 했다. 나는 단장님께서 가시면 저는 가지 않겠다고 선언했다. 다행히 단장님께서 포기했다. 미안하고 고마웠다. 나의 경험으로 산소를 계속 마시면서 고도를 올리는 것은 괜찮지만 일단 산소를 마셔서 컨디션이 회복되었으면 산소 없이 고도를 높인다는 것은 너무나 위험하기 때문이다. 다른 대원들을 체크하니 세호와 성원이가 포기했다.

2시 30분경 헤드 랜턴 불빛에 의존하며 셰르파들의 뒤를 따

라 출발했지만, 대원들의 정신없는 듯한 걸음걸이는 불안했다. 너
들 지대를 오르니 바위 사이에 얼음이 있고, 낙석의 위험이 있어
더욱 불안했다. 도중에 주현이가 포기해서 셰르파에게 하이캠프
까지 안전하게 동행할 것을 지시하고, 다시 대원들을 따라 오르

는데 많은 대원이 아이젠을 착용하고 있었으며 눈앞에 설벽이 버티고 있었다. 먼저 오른 셰르파들이 휙 스로오프를 설치했지만, 쥬마링을 하며 오르는 대원들의 모습이 어설프고 전진이 되지 않는다. 나는 마지막으로 오르는데 휙 스로오프 설치구간이 끝나고도 설벽에 경사가 있어 추락한다면 대형 사고가 나겠다는 상상을 하니 초조했다. 조금 앞서가는 여성 대원을 셰르파가 확보하여 오르기에 안심이 되었다.

어두워서 끝이 보이지 않는 플라토를 뒤처진 대원의 뒤에서 느리게 전진하니, 어젯밤에 그렇게 아름답던 별들이 오늘은 반갑지 않다. 빨리 저 별들이 자기 집으로 돌아가야 태양의 따뜻함이 설원 가득 펼쳐질 것인데, 별들이 너무너무 오래 자리하고 있다. 넓은 설원에 몇 군데 크레바스도 있고 앞서가던 대원들이 저 멀리 시야에 들어올 무렵 어둠이 자기 집으로 갔다.

주변의 산들이 아침 인사를 한다. 태양이 먼 산 위로 얼굴을 들이밀면서 설원이 따뜻해지고 있었는데, 나현이가 발이 시려서 못 가겠다고 하고, 순석이가 올라갈 수는 있는데 내려올 때가 걱정된다면 하산하겠다고 했다. 셰르파 한 명을 동행시켜서 나현이와 순석이를 같이 하산시켰다.

넓은 설원이 끝나고 설벽 아래 대원들이 모여 있었다. 휙 스로오프에 쥬마링을 하여 대원과 셰르파들이 한 명씩 엮인 굴비처럼

오르고 내 앞에 한기 씨와 상연 씨가 너무나 힘들게 오르고 있어 나도 덩달아 힘이 들었지만, 주변의 설산들의 모습이 너무나 아름다워서 모두 카메라 속에 가두었다.

　마지막으로 뒤따라 오르는 무상이가 로프에 하소연하듯이 오르는 모습이 안타깝다. 설벽의 경사가 완만해지고 눈앞에 간잘라 정상이 어서 오란듯이 장엄한 자태로 미소 짓고 있었다. 우측의 능선을 따라 셰르파들이 로프를 설치하였고 능선에는 얼음으로 덮여서 아이젠으로 밟으니 산이 고통의 소리를 지른다. 로프가 없다면 지나가기 불안할 수도 있었다. 능선이 끝나는 지점에 대원들이 모두 모여 있었다. 내가 다가가니 댄디 셰르파가 대원들이 착용하고 있는 아이젠으로 정상 오르기는 위험하다고 했다. 내가 마주한 설벽을 올려다보니 휙 스로오프는 셰르파들이 설치해 놓았는데 눈은 바람에 날려가고 얼음으로 구성되었다.

나는 짧은 시간에 많은 생각을 했다. 그리고 대원들을 모아놓고 먼저 사과를 했다. 이곳에 오기 전 여기에 얼음이 있다는 정보를 들어보지 못해서 워킹용 아이젠을 준비했는데 지금 아이젠으로 경사가 약 60도 정도 되는 저 얼음 구간을 오르내리기에는 안전사고가 발생할 수도 있으니

"이번 원정의 정상은 여기까지"

하고 꼭 정상을 가고 싶은 대원은 나의 아이젠으로 바꾸어 착용하고 다녀오라고 했다. 일순간 침묵이 흐르고 대원들이 내려가기로 했다. 해발 5,675m가 정상인데 우리가 오른 곳은 해발 약 5,450m, 정상을 눈앞에 두고 하산했다 기념촬영을 하고 챙겨 온 깃발은 셰르파들이 정상에서 촬영하여 오도록 지시했다. 돌아선 나는 짧은 순간 만감이 교차했지만, 결정하고는 뒤도 돌아보지 않고 하산했다.

능선 구간을 내려와 완만한 설원에서 모두 모여 간식을 먹고 간잘라 정상을 뒤돌아봤다. 내 생에 다시는 너를 찾아오지 않을 것이다. 잘 있어라. 너를 만나려고 우리는 꿈을 가졌고 지난 15개

월간 행복하게 살아왔으니 감사드린다.

작별하고 내려가는데 무상이가 졸음이 계속 온다며 뒤처져서 너무 느리게 하산한다. 다른 대원들은 저 멀리 플라토를 빠져나가는데 뒤처진 무상이에게 산소를 마시며 하산하도록 했다. 대원들이 모두 만년설 구간을 지나 너들 지대를 사고 없이 하산하여 하이캠프에 모였다.

지친 표정이 역력하게 얼굴에 그려지고 새벽에 출발하지 않은 대원이나 도중에 하산한 대원들은 하이캠프를 떠났고 텐트도 모두 철수하였다. 우리는 라면으로 허기를 달래고 다시 베이스캠프를 향해 산에서 내려갔다. 몸은 피곤했지만 안전사고 없이 마칠 수 있었다는 생각에 그간 긴장했던 마음을 놓으니 피로가 눈사태처럼 온몸을 덮친다.

뒤따라 내려오는 대원들을 멀리하고 베이스에 도착하니 눕고 싶다. 저녁 먹자는 소리에 식당 텐트에 들어가니 지친 대원들은 일부 보이지 않는다. 그러나 내일은 강진곰파로 천천히 하산하며 모든 산행이 끝나니 마음을 놓을 수 있었다.

저녁 식사가 끝날 무렵 밍마가 강진곰파에 머무는 수연이가 몸이 아주 아파서 내려가야 된다고 해서 다시 마음이 무거워졌다. 밍마가 내려가서 무전을 하도록 지시하고 병우에게 무전 받으면 보고하라고 지시하고 나는 침낭으로 들어갔다.

충분한 수면으로 몸이 가뿐하다. 텐트 밖으로 나오니 은하수가 한국 갔다가 다시 만나자고 속삭인다. 그러나 나는 다시 히말라야를 오지 않을 것이라고 했다. 1988년 처음 히말라야에 왔으니 벌써 30년이 지났고 여러 차례 등반했으며, 함께 등반했던 아우들이 히말라야의 만년설에 아직도 잠들어 있다.

텐트를 돌아보는데 병우 텐트가 문이 열려 있었다. 나는 순간 정신이 아찔했다. 수연이의 상태가 매우 좋지 않다고 하는 생각이 들었다. 날이 밝아오고 무전으로 병우와 통화하니 수연이 상태가 너무 좋지 않아서 긴급 구조헬기를 불러서 7시경에 카트만두로 호송한다고 했다.

이틀 전 내려갔을 때 체력이 좋아져서 얼굴에 미소가 피었다고 보고 받았는데 혼자 있으면서, 다시 몸이 아파서 연락은 되지 않고 고생을 많이 했다. 베이스캠프에서 마지막 식사를 하고 서둘러 하산하였는데 마지막에 출발하던 미옥이가 주저앉는다. 등반대장이 되돌아가서 약을 먹이고 천천히 같이 하산했다. 베이스캠프 오르기 전 인사했던 융다가 펄럭이는 작은 능선에 모두 모여서 베이스와 이별하고 다시 하산했다. 급경사를 내려와서 넓은 초원을 횡단하여 가는데 미옥이는 컨디션이 회복되었는데 주현이

가 한 걸음 한 걸음 수를 놓는다. 주현이는 고산병으로 며칠간 식사를 거의 하지 못했으니 탈진된 것이다.

작은 밀림 지역을 지나 강을 건너서 강진곰파로 올라가는데 주현이가 너무 힘들어해서 셰르파에게 업고 가도록 했지만, 한번 업어보고는 서로 불편하여 다시 의지력으로 걸었다. 시간이 모든 것을 해결해주었다. 마지막으로 주현이가 숙소에 도착했다. 밍마가 다가와서 병우가 카트만두에서 보낸 문자를 보여주었다. 수연이는 병원에 가서 엑스레이 촬영과 피검사를 했는데 이상이 없으며 호텔에 쉬고 있단다. 나는 롯지 4층의 다용도실에서 차를 마시며 이번 원정을 되돌아보았다.

모든 대원이 모이고 음식이 들어왔다. 병우가 먼저 카트만두로 떠나면서 스태프들에게 지급할 임금과 보너스를 남겨두었다.

먼저 짐꾼의 대표를 불러서 임금을 주고 염소 고기와 술을 주며 덕분에 원정을 잘해서 고맙다고 하고, 셰르파들을 불러서 보너스를 주고 대원들이 기증한 장비를 전달했다. 쿡을 불러서 보너스를 주고 이번 원정 기간 맛있는 요리를 해주어 대원들이 잘 먹었고 나는 한국 돌아가서도 너희가 요리한 음식이 생각나서 다시 네팔을 찾을 것이라 덕담을 했다.

그러나 베이스캠프에서 한 번은 현지인이 먹을 쌀로 밥을 지어서 덕분에 체험 잘했다고 했더니 죄송하다고 사과하며 미안해하는 모습에 모두 한바탕 웃음보가 터졌다. 이어서 나는 대원들에게 간곡히 당부드렸다.

"이번 원정하는 동안 혹시나 서로 간의 불편했거나 감정이 상해서 나빴던 것은 오늘 이 자리에서 모두 버리고 아름다운 추억만 가지고 고국으로 가기를 바란다."

고 부탁했다. 현지인에게 양해를 구하고 히말라야 등반을 하다 이곳에서 유명을 달리한 선후배들의 명복을 비는 묵념을 하고 애국가를 불렀다. 다음은 네팔의 대표 민요라고 할 수 있는 레썸삐리리를 현지인이 합창으로 부르며 춤을 추었다. 우리도 모두 나가 어깨동무를 하고 아리랑과 홀로 아리랑을 부르며 흥겨운 파티가 시작되었다. 우리는 다 함께 어울려서 노래를 부르고 춤을 추며 그간의 마음속의 먼지를 모두 털어버렸다. 대원들이 자리를 파하고 방에서 개인별로 한잔하면서 불러서 모인 대원들과 캐러밴의 마지막 밤을 보냈다.

11월 5일 카트만두에서

헬기를 타고 카트만두로 이동하는 날이다. 대원들 모두 헬기를 타고 이동하는 것에 마음이 들떠있었다. 카라반 시작할 때 종일 버스를 타고 이동했으며, 며칠간 걸어왔던 길을 헬기를 타면 30분이면 카트만두에 도착하니 누가 설레지 않을까. 아침부터 온다던 헬기는 도착하지 않는다. 커피숍에서 차를 마시고 빵을 먹으며 기다리고 또 기다렸다. 10시가 지나가고 드디어 헬기가 온다해서 헬기 착륙장에 나가서 기다리기를 한 시간도 더 지나서 12시경에 첫 헬기가 계곡을 거슬러 올라왔다. 많은 짐을 내리고 조정석 옆에는 여성 대원 두 사람이 탑승하고 뒷좌석에는 네 명의 남자 대원과 카고백 두 개를 안고 탑승했다. 드디어 시동을 걸고 날개가 돌아가면서 가속도가 붙더니 헬기가 이륙하여 계곡 아래로 곤두박질하듯이 떨어진다.

주변의 산들이 높아서 산을 넘어가지는 않고 계속 계곡 따라 비행했다. 약 30분간 비행으로 11일 만에 카트만두 공항에 내렸다. 후덥지근한 날씨가 우리를 맞이했다. 공항을 빠져나오니 도로는 정체되고 먼지가 거리를 가득 메우고 그 먼지 속에 수많은 인파가 파도를 친다.

늦은 점심을 맛있게 먹고 타멜거리 쇼핑을 하러 가는데 거리는 수많은 사람과 차량의 무질서한 운행으로 혼란스럽다. 마스크를 하지 않고는 거리를 배회할 수가 없다. 원정 올 때마다 기웃거렸던 타멜 거리는 이제 나에게는 향수의 거리다. 올 때마다 비슷한 상품들이 진열되어 있고 살 것도 없는데 그냥 기웃거리다 가지만, 네팔에 오기만 하면 꼭 찾는다. 쇼핑을 간단히 하고 호텔에 돌아가서 가볍게 샤워했다.

저녁은 8시 30분경 네팔 민속공연 관람과 전통음식 달밭을 먹으로 이동했다. 우리가 늦게 도착해서 공연은 이미 시작되었지만, 음식과 술을 마시는 즐거운 만찬이었다. 마지막 공연이 끝나고 우리 대원들도 무대에 가서 함께 춤을 추었다. 챌린지 랑탕 히말라야의 마지막 밤 춤을 추었다.

☞ 이번 트레킹과 등반은 함께 한 대원들에게는 나로 인한 꿈을 향한 도전이 되었다. 대부분 고산 등반이 첫 경험인 대원들이다. 많은 대원이 고생해서 지금도 마음 한구석 미안함으로 남아있다. 세월이 지나서 고행이 아름다운 추억으로 자리매김하기를 간절히 바란다.

Chapter 3

살며 산을 사랑하며

신불산

잠이 눈꺼풀에 붙은 채로 같이 차를 타고 언양 방향으로 질주했다. 백미러에 비치는 산릉선에는 태양이 붉게 미소 지으며 아침 인사를 한다. 웰컴 복합센터에 주차하니 06시 5분이었다. 클라이밍 장을 지나 숲길에 들어가 계곡의 웅장한 물소리를 들으며 오르니 머리 위에는 귀를 간지럽히는 새들의 아침 인사가 잠을 쫓아 버린다. 아직 일어나지 않은 바람의 늦잠에 나뭇잎은 꼼짝도 하지 않아서 숲길이 모두 나의 것인 듯하다,

산행코스를 간월재 방향으로 하고 계곡을 지나서 오르니 이마에 땀이 나온다. 상큼한 공기를 단전 깊숙이 빨아들이면서 무념무상으로 걷는데 다람쥐가 길가 돌 위에 앉아서 아침 식사를

한다. 똘망똘망한 눈으로 나를 쳐다본다. 발걸음 소리가 나지 않게 지나가려는데 밥을 뺏길까 봐 도망간다. 미안하다. 조금 더 오르니 옛날 이 길을 걸었던 추억이 되새김하는데 길옆 숲속에 소나무가 부부처럼 붙어서 커다랗게 자랐다. 나무들은 한번 뿌리를 내리면 죽을 때까지 그 자리를 벗어나지 못하는데, 자유로이 다닐 수 있는 나는 참으로 행복하다는 생각이 든다.

쉬엄쉬엄 너들 지대와 임도를 번갈아 오르니 조금씩 바람이 불더니 간월재의 샘터가 청량 수를 지면 밖으로 토하고 있다. 시원하게 한 사발 마시고 간월재 데크에 올라서니 가슴이 뻥 뚫린다. 지난해 자랐던 억새는 황갈색으로 바람에 봄을 따라 떠나려고 하고 있다. 신불산으로 돌길을 조심조심 오르니 철쭉이 하얀

미소로 반긴다. 꽃은 낮이나 밤이나 비가 오나 바람이 불거나 늘 웃음을 지우지 않는데, 나는 하루에 몇 번 웃나? 생각하며 덩달아 꽃과 같이 웃어본다.

신불산 정상은 바람이 차다 곧바로 지나쳐서 공룡능선으로 올라갔다. 오랜만에 공룡능선을 등반하니 반갑다. 일부 코스는 릿지 등반이라 겨울에 눈 덮이고 바람 불면 위험한 코스다. 그래도 스릴이 있다. 지금은 등반객이 아무도 없으며 홀로 트인 사방을 모두 내 품에 안으며 하산하니 즐겁다.

공룡능선 끝자락에 바람이 비껴가는 곳에 앉아 커피 한 잔에 쑥 찹쌀떡 두 개 키위 두 개로 허기를 달랜다.

가파른 숲길을 속보로 지나쳐서 홍류폭포에 도착하니 수량이 제법 많다. 하늘은 구름이 있어야 아름답고, 산은 계곡이 있어야 아름다운데 계곡은 물이 있어야 아름답구나. 폭포에 떨어진 물에 세수하고 서둘러 웰컴센터에 도착하니 9시 25분이다. 지금부터 2018년 5월 11일의 또 다른 하루를 살기 위해 시장을 보고 가게 일을 해야겠다. 하루를 이틀로 살아가는 삶이 장수의 비결이 아닐까?

우리들의 아름다운 산행

　제13차 우리들의 아름다운 산행이다. 그간 많은 장애 비장애 분들과 함께 산을 오르내렸던 행사이다. 경주 남산, 토함산, 울산 염포산, 무룡산을 대상 산으로 산행했다. 장애 분도 되도록 많은 분이 체험할 수 있도록 노력하였으며, 휠체어 장애 분을 집중적으로 함께 했다. 비장애 분도 여러 단체에서 함께 하여왔으며 한때는 울산의 전문 산악인들 대상으로 운영위원회도 구성하여 활동했지만, 우리의 아름다운 산행은 함께 하고자 하는 본인의 마음이 중요하지 전문 산악인이 재능기부 한다는 마음은 아니었다. 지금도 전문 산악인은 소수만이 함께 하고 있다.

　동구에서 출발하는 장애인을 동구청에서 만나 차량에 나누

어 탑승하고 집결지로 모이는데 내 차에는 시각장애 두 분과 지체 장애 한 분을 모시고 오늘의 집결지인 대암 체육공원으로 출발했다.

이번 아름다운 산행의 장애인을 총괄 리드하는 이미경(시각장애) 회장이 내 차에 탑승하여 이동하면서 많은 대화를 나누며 집결지에 도착했다. 대암 체육공원은 그늘이 없어 모두 집결하여 행사를 진행하기에는 불편하여 신속하게 조 편승만 하고 문수사 주차장으로 이동하기로 최영식 지부장과 결정했다.

일 년 만에 만나는 반가운 얼굴들과 인사 나누기도 마음이 조급하다. 사전에 조 편승을 하였지만, 북적이는 상황에서 호명하고 오늘 함께할 파트너를 지정하여 주는 일이 오늘 행사의 가

장 시간이 많이 소요되고 중요한 일이다. 각 단체별로 조를 편승하였기에 협조가 참 잘된다. 개인으로 참여하는 분들은 시각장애 분들과 파트너를 지정하였다. 조금은 우왕좌왕하지만, 매년 함께 해주시는 분들이 많아서 진행이 순조롭다.

지부장님의 인사말도 없이 뙤약볕을 벗어나 문수사 주차장으로 이동했지만, 마무리는 행사 주관하는 한국산악회 회원이 남아서 체크한다.

문수사 주차장으로 이동하면서 오늘 처음 참가하는 감성스피치 맹물 강사 이소희 원장님을 안내하여 주차장에 도착하니 조별로 산행 준비하느라 북적인다. 모두 집합시켜 지부장 인사 말씀과 협찬해주신 분들 소개하고 나에게 인사말을 부탁했다. 나는 지금까지 함께 해주신 것에 감사드리고 안전사고에 주의할 것을 당부드린다고 말했다. 장애 분들을 내 생각으로 도와주는 것이 불편할 수도 있으니 대화를 나누어 서로에게 필요한 부분만 도와서 산행하도록 당부드렸다.

산행하려고 하니 휠체어 한 조가 고스란히 없었다. 전화하니 출발기점을 잘못 알고 다른 곳으로 이동하여 돌아오고 있었다. 늦지 않게 도착하여 우리의 아름다운 산행이 시작되었다. 나무는 잎을 펼쳐 그늘을 만들고 이마와 등을 타고 흐르는 땀은 산들바람이 씻어준다. 길옆의 야생화는 우리의 웃음꽃에 고개를 숙이고 산딸기는 가시넝쿨 사이로 붉은 얼굴을 내민다. 모두 행복 미소를 임도에 뿌리며 오른다.

산행 중간에 지인이 후원한 시원한 감주로 갈증을 달래고 다시 힘차게 올라 문수산 정상이 발아래 있다. 모두 기념 촬영하기 바쁘다. 멀리 울산 시가지가 나뭇잎 사이로 부러운 듯이 우리를 쳐다본다. 오늘이 현충일이라 다 같이 묵념만 하고 하산했다. 가파른 임도라서 휠체어는 매우 위험하므로 안전사고를 당부드렸지만 몇 년째 함께 하였던 분들이라 노파심인가 싶다. *(2018년 7월 1일)*

광복절 기념 산행 (가지산)

해마다 8월 15일이면 한국산악회는 지부별로 광복절 기념 산행을 시행해왔다. 울산지부는 영남알프스의 최고봉 가지산에서 본 행사를 한다. 가게 일 때문에 06시에 일어나 장사 준비를 해놓고 서둘러 출발했다. 다행히 산행 출발지인 가지산 자락의 제일농원 주차장에 제일 먼저 도착해서 신발 끈을 매고 있으니 회원들이 속속 도착했다.

지부장이 가벼운 인사를 하고 계곡 옆길을 따라 산행 이사가 선두로 오르기 시작했다. 우거진 녹음 속으로 서로 간의 안부를 나누며 오르는데 나는 조금 뒤처져 혼자 움직였다. 녹음 속에서 매미는 소리쳐 대한 독립 만세를 외치고 한 달여의 찜통더위에 비

가 내리지 않은 계곡은 고통의 피눈물을 흘리고 있었다. 오늘이 광복 73주년이니 내가 세상에 태어나기도 12년 전의 광복된 날이 지만, 나라 잃은 선조의 그날이 걸음걸음 가슴으로 다가온다.

오늘 내가 이렇게 행복하게 사는 것은 73년 전의 광복이 있었 기에 가능하다. 이제 우리나라 산은 풍요롭다. 세계 어느 나라보 다 우거지고 숲은 풍요롭고 아름답다. 너들 길을 조심조심 오르 다 누군가 세워놓은 장승을 만났다. 메마른 것이 일제강점기 굶 주린 선조의 모습으로 느껴진다. 왠지 서글프게 보인다. 이마에 흐른 땀이 등줄기를 탈 무렵 능선에 올라섰다. 반대쪽 계곡에서 시원한 바람이 불어온다. 광복을 맞은 기분이다. 모두 광복의 기쁨에 간식을 먹으면서 입가에 행복의 미소가 가득하다.

10시경 가지산 정상에 올랐다 애국가를 부르고, 묵념하고 지부장님의 가슴 뭉클한 기념사가 잔잔하게 정상에 펼쳐진다. 이어서 "흙 다시 만져보자"라는 광복절 노래를 부르고, 기념촬영 후 운문산 방향으로 하산했다.

능선길을 따라 걸어가니 영남알프스 산이 파노라마처럼 다가온다. 평상 바위에 올라와 계곡을 내려다보니 골을 타고 올라오는 바람과 녹음이 73년 전의 고통이 사라진 오늘의 살기 좋은 모습으로 마음을 즐겁게 한다. 구연 폭포 방향으로 잡목이 길을 막은 가파른 길을 내려가니 비가 내린다. 시원하게 비를 맞고 싶은데 몇 방을 뿌리더니 그친다. 길에 떨군 돌배를 줍고 구연 폭포를 지나치는데 가뭄으로 떨어지는 물이 없다. 광복절이다 "길이길이 지키세"를 웅얼거리며 하산했다. *(2018년 8월 15일)*

영태 아우 추모제

잊을 수 없는 아우님이 임종하신 지 일 년이 되는 날, 그 자리에서 추모제를 지내려고 여러 가지 준비를 하였다. 15일 오후에 천상 저수지에서 임공 선생과 일석 선생을 만나서 무거운 물품들을 들고 큰골을 올라가는데 이마에서 땀이 밀려 나온다. 계곡에서 휴식하면서 임공 선생이 돌을 세우려고 노력했지만, 역삼각형의 돌은 서려고 하지 않기에 내가

"여보게 임공 돌을 세우지 못하면 올라오지 말게나"
했는데 말이 끝나자 신기하게도 돌이 서버렸다. 임공 선생은
"영태 아우님이 빨리 오라 하네."

라 말했다. 땀을 닦으며 큰골 암장에 올라서니 영태 아우님이 어서 오라고 새해 인사를 하며 반긴다. 먼저 산신에게 술 한 잔 드리고 영태 아우님에게도 한 잔 드렸다. 추모 동판을 부착하려고 바위에 구멍을 파고 있는데 진주에서 후배가 도착하여 동판을 보더니, 년도 표시가 잘못되었다고 했다. 확인하니 2019년을 1919년으로 제작되어 있어 부착할 수가 없었다. 할 수 없이 동판 제막식은 생략하기로 하고, 큰골 암장 표지석만 안장시켰다. *(2020년 2월 16일)*

나의 가지산 추모 등반

새벽 4시에 알람 소리에 눈을 떴지만, 잠은 떨어지지 않고 정신은 몽롱하여 이불 밖으로 나오기가 귀찮다. 꾸려놓은 배낭을 들고 가게에 내려가서 따뜻한 물을 보온병에 넣고 있으니 일석 선생이 현관문을 두드린다. 중간에 임공 선생과 합류하여 문수고등학교에서 오늘 함께 등반할 대원 6명과 차량 두 대로 어둠 속을 달려서 석남사 입구를 들어서니 5시 40분이다. 어젯밤에 비가 내렸는데 밤하늘에 별들이 인사를 한다. 이른 새벽이라 입장료를 받는 사람이 없어 16,000원의 돈을 벌고 석남사 좌측 철조망을 넘어서 계곡으로 들어가니 스님이 우리 일행들을 향해서 여기는 통제구역이니 나가라고 소리친다. 스님의 말을 묵인하고 빠른 걸음으로 어

둠이 가득한 계곡으로 빨려 들어갔다.

최근에 가지산에 눈이 많이 내렸다. 지난날 영태 아우님과 함께 올랐던 주 계곡 등반을 하기 위해서 추모제를 지내고 뒤풀이할 때 오가는 술잔 속에 가지산 주 계곡 적설기 등반이 갑자기진행되었다. 그때 나의 마음에는 아우님 추모 등반이 자리하고있었다. 그와 함께 산을 오르며 궂은일은 그의 몫이었다. 내가 시키기도 전에 그가 알아서 처리해버리니 내가 지시할 일들이 없었고, 나는 편했지만 고마웠다.

석남사 절에서 출입을 통제하여 이렇게 아름다운 계곡을 우리는 만날 수가 없다. 절의 사유지라고 해서 통제하니 남의 땅을 밟을 수가 없지만, 가지산 주 계곡 전부가 석남사 절 땅은 아닐 것이다. 포근한 날씨처럼 느껴지는 어둠 속으로 계곡의 정겨운 물소리와 우리들의 발자국마다 기지개하는 낙엽의 잠꼬대가 아름다운 아침이다. 아담한 폭포 아래에서 동이 틀 무렵 차 한 잔 마시면 대원들을 바라보니 모두의 얼굴에 봄꽃이 활짝 피어있다.

가지산 주 계곡은 늘 얼음과 눈이 덮였을 때만 올랐는데, 오늘은 하얀색이 대원들의 얼굴에 머물러 있지만 그래도 신명이 난다. 다시 계곡을 따라 오르다 잠깐 길을 방황하기도 했지만, 주 계곡의 너들 지대를 오르니 만나는 작은 폭포에 겨울과 헤어지기 아쉬운 듯이 얼음이 남아있었다.

커피 한잔의 휴식을 취하고 폭포 상단에 올라서니 뿌리를 긴 머리처럼 닿은 나무 한 그루가 자태를 뽐내고 있다. 다시 계곡을 오르는데 해동이 되면서 커다란 돌이 떨어질 것 같아서 조심해서 잡아보는데 순간 굴러서 내게로 떨어진다. 깜짝 놀라 나는 뛰어올랐는데, 다행히 내 몸에 부딪히지는 않아서 다치지는 않았지만 아찔했다. 멍한 정신을 가다듬고 대원들에게는 조심하라고 신신당부했다. 얼음이 덮인 작은 폭포를 오르는데 낙석이 굴러떨어지면서 내 위에서 오르던 일석 선생이 잡아서 맞지는 않았지만, 또 한 번의 사고가 일어날뻔했다.

오랜 시간 올랐는데 멀리 보이는 쌀바위가 아직도 눈높이보다 높다. 그만큼 정상이 멀리 있다는 것이다. 눈이 덮여 있으면 낙석의 위험성이 없어서 안전할 것인데 지금은 언제 굴러떨어질지 모르는 낙석의 안전사고 때문에 한 걸음 한 걸음에 신경을 쓰며 올랐다. 만나려고 올랐던 눈은 없고 낙엽만이 수북이 쌓여있는 협곡에 자리 펴고 고기와 떡국 사브를 먹고, 라면을 먹었다. 이곳부터는 낙석의 위험성은 낮아서 안전했지만, 녹지 않은 눈이 있어 더욱더 좋았다. 후배들의 러셀로 암부에 올라서니 탁 트인 조망이 가슴을 시원하게 한다.

정상을 지나서 북사면의 햇볕이 찾지 않는 곳으로 길을 개척하여 산행했지만, 눈은 녹아서 적설량이 별로 없었다. 쌀바위에 도착하니 제법 많은 사람이 식사하고 있었는데, 우리도 간식을 먹고 지나온 협곡을 되돌아봤다. '다음에는 꼭 눈이 많이 쌓였을 때 올라야지'하는 다짐을 해본다. 가지산 주 계곡은 산행이라기보다 등반이다. 그래서 이곳을 오르는 것은 나에게는 영태 아우와 함께 오르는 것이다

귀 바위 아래 임도에서 석남사 방향으로 산에서 내려가니 갑자기 봄 기온이 곳곳에 피어나고 있다. 재킷을 벗고 천천히 봄의 기운을 온몸에 가득 채우면서 걸었다. 계곡에서 차 한 잔을 마시며 간식을 먹는데 폭우가 내리면서 급류에 무너진 흙더미 사이로 나무 한 그루가 뿌리째 노출되어 있다. 처음에 계곡 물가에 인연

이 닿아서 풍족한 수량으로 배고프지 않게 자랐을 것인데 세월이 지나면서 지금은 고달픈 삶을 살아가는 듯이 보였다.

다시 산에서 내려가니 하늘을 찌를 듯이 자란 키 큰 나무 사이사이에 위로만 올라야 하는 앙상한 나무들을 보니 햇살을 받으려고 위로 자라야만 하는 나무들의 치열한 삶에 안타까운 마음이 들었다. *(2020년 2월 22일)*

Chapter 4

살아가면서 가 보고 싶은 곳

아내와 부산 국제시장 여행기

지난주에 아내와 부산 국제시장을 다녀오기로 했으나 가게 사정으로 오늘 출발하게 되었다. 일기예보는 비가 내린다고 했지만, 그래도 우리는 떠나기로 했다. 새벽에 창밖을 보니 비가 내리고 있었다. 서둘러 장사 준비를 해놓고, 10시경 아내와 같이 부산으로 달렸다. 도로를 달리면서 지나는 산에는

"안개가 머리 풀어 하늘로 승천하는 경관이 아름다워서"

아내는 사진을 찍으며 감탄사를 질렀다. 비가 내리는 날 만날 수 있는 자연의 특별한 아름다움이다. 부산 시가지에 진입하면서 고층 건물의 웅장함에 부산은 울산보다 엄청나게 큰 도시라 느끼며 자갈치 시장에 주차했다. 각자 우산을 쓰고 국제시장으로 걸

었지만, 비 내리는 거리는 사람이 생각보다 적었다. 몇 가지 쇼핑을 하였는데, 허리띠 가게에 들어가니 수많은 벨트가 진열되어 있었는데 가격은 저렴했다. 선글라스도 마음에 드는 것이 6만 원대이니 차 기름값은 건진 것 같아 기분이 좋았다. 원조할매집의 유부 주머니와 잡채를 주문하여 점심을 먹었다. 식당은 많은 사람이 찾고 있었는데 포장하여 집에 가서 먹으면 여기서 먹는 것보다 맛이 못했는데, 그 이유가 국물 맛 차이가 아닐까 생각되었다.

깡통시장과 국제시장을 쇼핑하다 거리가 복잡해서 다정히 손을 잡고 우산 하나로 같이 쓰고 용두산 공원으로 갔다. 관광안내소에서 출입구를 물으니 에스켈레이트를 운행하고 있다고 안내하여 아내가 매우 좋아했다. 용두산 공원은 우리가 연애할 때 다녀가고 약 40년 만에 찾아왔다. 옛날에 아내와 함께 올랐던 기억은 나지 않았지만, 그냥 다녀갔다는 것만으로도 감회가 새로웠다. 연애할 때는 '용두산보다 같이 있는 아내가

좋아서 용두산 공원이 기억에 자리를 차지하지 못했구나.' 하는 생각을 하며, 중년의 나이에 함께 우산을 쓰고 빗속을 걸어가니 삶이 여유롭게 느껴졌다.

커피와 팝콘을 들고 전망대에 올라 부산 시가지를 내려다보니 아름답다. 전망대에서 바라보는 대신동은 학교 졸업하고 처음 직장으로 객지 생활했던 곳이었다. 아스라이 안개비 속에 추억이 피어났다. 세월이 내리는 빗물처럼 유리 벽을 타고 미끄러지고 있다. 엘리베이터를 타고 내려가니 통로에 빛과 조명으로 공간을 아름답게 디자인하여 우리와 다른 탐방객들이 사진 찍기 바빴다. 아직 비가 내리고 있었지만, 공원을 내려갈 때는 걸었다.

자갈치 시장에서 양곱창을 먹었는데 나와 아내는 처음 먹어 보는 음식이라 유명세만큼 맛있다는 생각은 들지 않았다. 갈치도 사고, 어묵도 샀다. 아내와 전망대에서 약속했다. 우리가 살아서 갈 곳 100개를 선정하여 가기로 했고, 장소는 아내가 선정하기로 했다. *(2019년 7월 18일 비 내림)*

설악산에서 천상의 조찬을 먹다

가을이다.

설악의 가을 단풍은 국내산의 최고라고 할 수 있다. 한국산
악회 울산지부에서 기획된 설악산 장거리 산행에 동참하여 오랜
만에 아내와 누나와 설악 단풍을 만나기로 했다. 12일 밤 20시경
동천체육관을 출발하여 밤을 달려서 설악으로 운행하였다. 나는
지부 회원들과의 월례 산행을 오랜만에 함께하니 반가움을 버스
에 가득 싣고 동해안의 해안도로를 질주했다. 하지만 잠은 들지
않아 운전기사와 두런두런 이야기를 나누었다. 일본은 초특급의
태풍이 지나가고 있다는 뉴스를 검색하면서 비몽사몽간에 한계
령에 2시경 도착하니 주차장에는 버스를 통제하고 있었다. 대승

폭포 주차장까지 가서 차를 회차하여 휴식하다 다시 되돌아 한계령에 3시경 대청봉 가는 회원들은 하차하고 우리는 흘림골 방향으로 운행하다 간이 주차장에서 잠을 청했다.

6시경에 흘림골 입구에 들어가니 입산 통제한다는 전광판 안내가 있어 관리공단에 전화했더니 통화가 되지 않는다. 마침 지나가던 택시 기사가 흘림골은 영구 폐쇄되었다고 이야기하여 우리는 설악동으로 이동했다.

동해를 지나는데 수평선에는 솟구치는 태양이 구름 사이로 붉은 단풍을 바다에 뿌리고 있었다. 이번 여행은 설악 단풍을 보고 맛있는 음식을 먹으며 가 보고 싶은 곳 다섯 번째 나들이라서 많은 기대를 했다. 하지만 설악동에 들어갔는데 단풍은 아직 산꼭대기를 내려오지 않아서 녹음이 그대로 있었다. 우리는 곧바로 토왕골로 발걸음을 재촉했다. 그래도 숲의 청량한 기운이 기분을 상쾌하게 했다.

이른 아침이라서 지나는 등산객도 없어서 산이 우리의 것인 듯하였으며 토왕골로 들어서면서 암반을 미끄러지듯이 떨어지는 맑디맑은 물은 소에서 비췻빛으로 화장을 하여 감탄사가 저절로 나오게 했다.

계곡이 아름다울수록 대원들의 스마트폰은 바쁘다. 산의 아름다운 모습을 아무리 카메라 속에 넣으려고 해도 백 분의 일도 넣을 수가 없다. 관광객의 안전을 위해 만들어놓은 철계단을 오르고 또 오르니 비룡폭포가 소화전에서 뿜어져 나오는 힘찬 물줄기처럼 솟아나고 있었다. 옛날에는 토왕성 폭포까지 들어가서 볼 수 있었는데 지금은 출입 통제를 시키고 있었다. 토왕성 폭포 전망대를 만들어놓아서 우리는 오늘 산행의 정상은 전망대로 정해놓고 수많은 철계단을 올랐다. 어느새 이마와 등줄기에 땀이 삐져나오면서 재킷을 배낭 속으로 넣고 쉬엄쉬엄 올랐다.

산이 발아래로 내려가면서 멀리 있는 산들도 아름다운 자태를 보여주었는데 울긋불긋 옷을 입지 않아서 조금은 아쉬움으로 남았다. 드디어 전망대에 올라서니 병풍처럼 펼쳐진 산이 자리하고 토왕성 폭포는 하얀 물줄기를 아래로 떨구고 있어 장관이었다. 가을 하늘의 구름도 폭포를 구경하느라 가던 길을 멈추고 있어 한 폭의 동양화를 완성해 놓았다.

    들고 간 유부초밥, 떡, 빵, 과일 등을 펼쳐놓고 "천상의 조찬"을 즐겼다. 가볍게 신선주도 곁들이니 우리는 자연스레 신선이 되었다. 우리의 조찬이 끝날 무렵 많은 등산객이 줄지어 올라와서 산에서 내려왔다.

    젊은 시절 토왕성 폭포를 좌, 우벽 암벽등반과 빙벽 등반을 도전하고 싶었던 대상지 첫 번째였는데 꿈을 이루지 못했다. 88년도 처음 히말라야 고산 등반을 하면서 벽 등반보다는 고산 등반을 추구하면서 자연스레 토왕성 폭포를 등반하는 꿈이 소멸했다.

    많은 행락객이 꼬리를 물고 그들의 길을 걷고 있다. 우리도 명상의 길을 따라 숲속을 걸으니 행락객이 없어 아무런 생각 없이 걸었다. 이것이 참 명상길이다. 명상길을 지나 계곡의 돌다리를 건너서 비선대 방향으로 걸어가니 수많은 사람이 얼굴마다 웃음을 지으며 걸어가고 있다.

설악산의 위대한 능력으로 모두를 즐겁게 하였다. 이 길을 따라 비선대로 가면 중간에 음식점들이 있다고 생각하고 그곳에서 허기진 배를 달래려고 했는데, 비선대까지 모든 상가를 철수시켜서 아무것도 판매하는 곳이 없고 깨끗했다. 내가 그만큼 오랜 기간 설악의 품에 안기지 않았다는 것을 의미했다.

비선대 데크 위에 앉아 간식을 먹으며 건너편의 적벽에 많은 클라이머가 등반하고 있는 것을 감상했다. 암반에 미끄러지는 물은 수십 년 전이나 똑같은데 나의 머리에는 흰 눈이 내렸고, 적벽을 오르고 싶었던 젊은 날의 설렘은 잦아들지 않는다.

공룡능선과 천불동으로 산행하는 팀과 통화하고 우리는 느리게 설악동으로 이동했다. 아내와 신혼여행으로 겨울에 설악을 올랐던 35년 전을 회상하며 언젠가 대청봉에 아내와 손잡고 올라 기념 촬영해야지, 일출도 맞이해야지, 아내 몰래 혼자 다짐했다.

설악의 단풍도 만나지 못했고, 맛있는 음식도 먹지 못했지만 "천상의 조찬"을 즐겼으니 가고 싶은 곳 다섯 번째는 이렇게 보냈다. 약간의 아쉬움으로 나의 얼굴에라도 단풍을 들이고 싶어 곤드레 막걸리와 파전으로 설악의 가을 속으로 들어갔다. *(2019년 10월 12~13일)*

천사대교를 지나 목포 여행

가을이 지나가고 겨울이 시작되는 시기라서 자연의 아름다움을 만나기는 적당하지 않은 때이다. 그러나 최근에 관광명소로 뜨고 있는 천사대교를 만나기 위해서 5일 오전 10시경 가게를 출발했다.

내비게이션을 켜니 약 360km를 달려야 했다. 포항에서 달려온 여동생과 울산에 사는 누나를 시외터미널에서 만나 남해 고속도를 달렸다. 푸른 하늘과 맑은 대기는 멀리까지 보이는 산들로 우리의 기분을 더욱더 즐겁게 하였는데, 푸른 하늘에 하얀 구름이 김밥처럼 놓여 있었다. 흰 구름 김밥 한 줄씩이 적당한 간격을 두고 십여 개가 펼쳐져 있는 모습이 신기하였다. 수십 분을 달려

하늘에 펼쳐놓은 마지막 김밥 구름을 지나고 휴게소에 들어가서 잠깐의 휴식 후 또 달렸다.

15시경 신안군청에 들어가 아름다운 곳 소개를 부탁했더니 화석박물관이나 전시관 등을 소개하면서 백길해수욕장을 같이 소개했다. 우리는 처음부터 전시관은 관심이 없었기에 바로 퍼플 다리로 내비게이션을 켰다. 비상을 상징하는 새의 날개 조형물이 천사대교 입구에서 반가이 인사했다. 바다를 가로지르는 대교가 까마득하게 자태를 뽐내고 있어 모두 입가에 감탄사가 터져 나왔다. 지나오면서 만났던 바다는 물이 빠져서 갯벌이 끝도 보이지 않았는데 곳곳에 김을 양식하는 어장만이 일부 자리를 차지하고 있었다.

대교를 지나서 마을 어귀의 삼거리에 도착하니 담벼락에 그려 놓은 할머니와 할아버지 머리 위에 동백나무가 적당한 꽃을 피웠다. 그림 속의 할머니 할아버지와 조화를 이룬 모습이 신기하였다. 저절로 웃음과 감탄사가 나오면서 사진으로 핸드폰 속에 넣었다. 다시 퍼플교를 향해 한적한 시골길을 달렸는데 지나는 마을의 지붕이 모두 주황색으로 화장을 하여 눈길을 사로잡았다. 조금 더 달리니 마을이 온통 보라색으로 화장하고 우리를 반긴다. 봄에 꽃이 피고, 가을에 단풍이 들고 이제 눈이 눈꽃을 피워야 하는 겨울인데, 여기는 온통 보라색 꽃이 마을에 피어있었다. 퍼

플교 주변도 온통 보라색으로 단장하였다.

　하늘에는 구름이 가득 데워서 눈물을 떨구려고 하는데 바람까지 찾아들어 옷깃을 여미게 했다. 퍼플교를 건너가는데 공사중이라 통제하여 아쉬움을 달래며 백길해수욕장으로 달렸다.

　반갑지 않은 비가 내린다. 오늘은 석양을 만나기는 어렵다고, 동생과 누나가 입을 모은다. 4시경이라 나는 아직 한 시간은 있다는 말을 던지고, 내가 산에 가지 않고 바다에 오니 비가 내리나 하고 혼자 중얼거렸다.

　30여 분을 달려서 백길해수욕장에 주차하니 비는 멈추고 수

평선 위에 자리한 구름 사이로 붉은 햇살이 장렬하고 장대한 쇼를 연출하고 있다. 달려가는 우리 곁으로 고양이 한 마리가 다가와서 먹을 것을 달라고 재롱을 부렸지만, 우리에게는 고양이에게 줄 것이 없었다. 우리는 모두 백사장으로 소리치며 달려갔다. 수만 평의 백색 장판이 펼쳐져 있었고, 장판 위에 미끄러지는 파도는 햇살의 붉은 옷을 입고 부드럽게 부드럽게 왔다 갔다 했다.

태양이 구름 뒤에서 황홀하게 솟아내는 빛은 아름다움을 지나 장엄하다. 조금 전까지 내리던 비가 멈추고 구름 사이로 이렇게 아름다운 햇살이 또 이렇게 아름다운 해변에서 연출하는 쇼를 볼 줄 몰랐다. 여행의 백미를 마음껏 즐기다 다시 무안의 다리로 이동 중에 비가 내리다 도착하니 그친다. 태양이 멀리 산에 걸터앉아서 구름 사이로 손을 흔들 때 무안의 다리를 걸었다. 기온이 내려가면서 바람도 차가운 인사를 한다. 상당히 춥다. 그래도 무안의 다리는 우리에게 무안의 즐거움을 주었다.

어둠이 모든 섬을 덮고 있어 뒤돌아 천사대교를 지나오니 LED 등의 형형색색 아름다운 조명이 잘 가라고 인사한다. 주차할 수 있는 공간이 있으면 사진을 찍고 싶었으나 대교에는 주차금지라서 아쉬웠다.

목포에서 후배를 만나기 위해 후배가 가르쳐준 신안 펄 낙지업소를 찾아갔는데 다른 업소였다. 알고 보니 같은 상호를 사용하는 업소가 여러 개 있었다. 아마도 목포의 유명한 먹거리가 세발낙지라서 그렇게 같은 상호를 사용하고 있는 것으로 생각되었다. 목포에서 오랜만에 후배를 만나니 정말 반갑다. 88년도 히말라야 등반을 하러 가려고 함께 훈련했던 대원이었는데 사고로 함께 등반하지는 않았지만, 세월이 30여 년이 지났는데 인연의 끈이 끊어지지 않고 왔으니 반가울 수밖에 없다. 후배의 구수한 입담과 낙지요리가 방안 가득 넘쳐나는 행복한 밤이었다. 후배 아내가 경영하는 식당에 가서 인사하고 커피 한잔하고 현대 호텔 숙소에 도착하니 추리 등이 화단에 밤꽃을 화려하게 피우고 우리

를 맞이했다.

일출을 만나기 위해 밖으로 나오니 찬 기온이 옷깃을 여미게 한다. 산책하고 한참은 기다리니 동녘 하늘의 구름 사이로 붉은 빛을 구름에 물들이며 느리게 수평선 위로 태양이 얼굴을 내민다. 장엄한 기운을 온 세상에 펼치는 태양을 맞이하는 우리는 신명 났다. 이렇게 아름다운 일출을 만날 줄 몰랐다. 여행 중에 갈 곳은 정했지만, 시간은 구속되지 않는 여행이라 느긋하게 조찬을 즐기고 호텔을 9시경에 출발하여 케이블카를 타려고 고하도 스테이션으로 이동했다.

　고하도~유달산~북향 스테이션으로 왕복 요금은 22,000(1인) 원이며 국내 최장 거리(3,230m), 최고(155m)를 자랑한다. 소요 시간 은 40분 걸리는데 우리에게 좋았던 것은 유달산 스테이션에서 내 려서 유달산 산행을 할 수 있어 돌아오는 길에 유달산 산행을 할 수 있었다는 것이다. 데크를 깔아서 계단을 만들었지만, 바위 사 이로 올라가니 목포 시가지가 한눈에 들어오고 멀리 다도해의 섬 들이 수반 위의 수석처럼 아름답다. 일등봉인 정상에 올라 기념 촬영을 하고 바위를 베고 데크에 누웠으니 세상 모두가 나의 정 원으로 느껴진다. 산에서 내려와서 케이블카를 타고 고하도 스테이선에 내려서 고하도 산책길을 걸었다. 바다 위에 만들어진 데크 산책로를 걸어가니 조금 전에 올랐던 유달산이 미소를 짓는다.

내비게이션을 목포 종합수산물 시장으로 켜고 시가지를 달려서 도착하니 시장은 큰 편이었지만 조용했다. 쇼핑하다 시장에 있는 식당에 들어가서 갈치구이와 빙어 찌개를 먹었는데 갈치구이도 맛있었지만, 빙어 찌개가 일품이었다. 요리하신 아주머니를 찾아 정말 맛있어서 잘 먹고 덕분에 좋은 여행이 되었다고 감사드렸다. 홍어와 수산물을 구매하고, 약 360km를 달릴 것을 생각하니 까마득하였다. 돌아오는 길에 정말 멋진 여행 살아서 가 보고 싶은 여행 여섯 번째의 자연의 행운에 감사드렸다. *(2019년 12월 5~6일(1박 2일))*

아내와 누나와 함께한 무주 설화

겨울의 비경을 생각하면 가장 먼저 생각나는 것이 설국이다. 특히 눈꽃을 나무에 가득 피우고 있는 설화라고 생각하기에 어떤 장소에 언제 가야 좋을까 늘 생각하고 있었다. 며칠 전 전국적으로 많은 비가 내리고 홀로 새벽에 가지산에 올랐더니 정상 부위에 설화가 아름답게 피어있어 아내에게 덕유산을 가자고 했다.

아내도 흔쾌히 승낙하여 누나랑 울산을 10시경 출발하여 서대구에서 중부내륙을 달려 거창으로 갔다. 지난날 거창에서 어탕국수를 맛있게 먹은 곳이 있어 검색하여 구구추어탕 집을 찾아갔다. 가게는 손님들이 가득하였지만, 빈자리를 찾아 어탕국수를 주문하여 먹었는데 지난날만큼 맛이 있지는 않지만, 절찬하고 다

시 출발하여 빼재 터널을 지나 무주리조트에 도착했다.

　주차할 곳이 없어 먼 곳에 주차하고 산책을 겸해 곤돌라 승차

장으로 가니 많은 사람이 스키를 즐기며 설원을 달리고 있었다.

흐린 날씨에 곤돌라 타고 올라가니 올라갈수록 나뭇가지에 설화

가 더 아름답게 피어 아내와 누나의 감탄사가 곤돌라 밖으로 퍼

져나갔다. 곤돌라에 내려서 아이젠을 착용하고 향적봉으로 걸어가니 만개한 설화가 아름다웠다. 그냥 아름답다는 표현만으로는 부족했다. 지나는 모든 사람의 감탄사가 눈꽃에서 다시 피어나고 있었다. 나는 만개한 설화를 볼 때마다 바닷속의 산호를 생각하는데 오늘 피어있는 설화는 아무리 아름다운 산호도 여기 설화만큼을 아름답지 않을 것이라 생각했다.

날씨도 포근하여 장갑 벗은 손으로 사진을 찍어도 춥지 않았다. 설화가 만개한 터널 속으로 우리는 감탄사를 연발하며 휴대전화기 속에 가두었는데 눈앞에 향적봉이 반겼다. 보온병에서 커피 한 잔을 따라 마시며 햇빛을 기다렸는데, 구름이 비켜나지를 않았다. 정상석에 기념촬영을 하려는 사람들이 줄을 서서 기다리고 있어 우리도 순서에 따라 사진을 찍고 다시 설화 터널을 통해 산에서 내려왔다.

아내가 이렇게 신명 나서 행복해하는 모습에 가지마다 피어난 눈꽃에도 행복이 함께 피어나서 더 아름다운 행복이다. 끝내 인사하지 않은 태양을 보면서 나는 구름에 감사드렸다. 오늘 햇살이 설화에 비추었다면 우린 미쳤을 것이다. 내년에 다시 찾을 것을 굳게 약속하고 곤돌라를 타고 산에서 내려왔다. 아내와 누나의 얼굴에 가득 피어있는 설화를 싣고 지례면의 흑돼지고기를 먹으러 시골길을 달렸다.

논과 밭이 모두 사과밭으로 바뀌는 모습에 가을을 생각하니 사과 익은 가을이 보고 싶어진다. 따뜻한 난로 옆에 앉아 흑돼지 고기를 구워 먹었지만, 뜨거운 난로에도 설국이 타오르고 있었다. 인생은 소풍이다. 오늘은 설화가 만개한 설국으로 소풍을 다녀왔다. *(2020년 1월 31일)*

죽이네! 황매산 철쭉

코로나 19로 세계가 냉동되었고, 여행 다니기가 눈치 보여 나

갈 수가 없었다. 황매산에 철쭉이 만개하였다는 소식을 듣고 오

전 9시 40분경 아내와 죽마고우 친구와 지인 한 분과 가게를 출발하여 남해고속도로를 거쳐 황매산으로 달렸다. 고속도로는 빨리 갈 수는 있지만, 주변의 경치를 느낄 수는 없는데 시골의 일반 국도는 조금 느려도 자연을 함께 할 수 있어 좋다. 달리는 길가의 논에 작약꽃이 활짝 피어있어 주차하고 작약을 만나서 우리도 활짝 웃었다.

약 190km 되는 거리를 3시간 정도 달려서 황매산 주차장에 들어가니 평일인데도 많은 사람이 철쭉을 만나려고 붐비고 있었다. 황매산의 철쭉 군락지는 국내 모든 산 중에서 최고다. 5월이면 많은 사람이 이곳으로 찾아온다. 오늘도 코로나19로 철쭉제를 취소했지만, 수많은 사람이 철쭉 속에서 활짝 웃고 있었다. 우리도 하단부의 철쭉밭으로 들어갔는데 꽃들이 많이 지고 있었다.

그래도 아내의 "우~와 예쁘다." 소리가 철쭉 속으로 메아리쳤다.

천천히 위로 올라가니 갈수록 철쭉이 만개하여 있어 황홀했다. 아내의 "죽인다. 죽이네!"라는 표현이 멈추지를 않는다. 너도, 나도 꽃으로 들어가서 사진을 찍었다. 함께한 죽마고우는 시각장애인데 이렇게 아름다운 꽃들을 볼 수는 없겠지. 하지만 충분하게 느끼고 있을 것이란 마음에 함께 오기를 잘했다는 생각이다. 전망대에 올라서 사방을 내려다보았다. 지천의 만개한 철쭉도 아름답지만 조금 멀리 보이는 산들도 내려다보니 아름다웠다. 봄바람도 철쭉을 간지럽히다 꽃향기를 싣고 와서 줄 듯이 하고는 사라졌다

머릿속을 철쭉으로 가득 채우고 산에서 내려와서 달리는데 황매산 수목원 간판이 있어 그곳으로 들어갔다. 여기는 사람이 아무도 없었다. 조용한 숲속의 산책이라 철쭉의 황홀함과는 다른 느낌이다. 그곳 녹음의 풍요로움이 모두가 우리의 것이었다. 만나는 나무도 소란스럽지 않게 우리를 반겼다. 데크 로드를 걸어가니 손에 만지는 나무의 새순이 아기의 손가락 같았다.

여행에서 빠질 수 없는 즐거움은 먹거리이다. 관광업을 하는 동생에게 소개받아서 합천 천호 관광농원을 찾아갔다. 합천호를 돌아서 달리니 끝도 보이지 않는 합천호가 둘레의 수많은 산을 품속에 담고 봄을 맞이하고 있었다. 산자락에 자리한 식당을

찾아 들어가니 나무들과 꽃들과 단지가 반가이 인사했다. 음식을 먹지 않아도 맛있었다. 오곡밥 정식을 주문하였는데 모두부와 두릅튀김이 먼저 나왔다. 그리고 각종 나물과 돼지고기와 황태 조림까지 빼곡히 상위에 펼쳐졌다. 찬들이 모두가 맛있었다. 우리 네 사람은 입이 저렴하다. 그래서 여행 다니면 아무것이나 잘 먹는다. 여행 중에 맛있는 지역 음식을 찾아 먹는 것이 많은 즐거움을 주지만, 음식 가리지 않고 잘 먹는 것은 입이 저렴하기 때문이다.

황매산 철쭉

머리카락 한 올까지 철쭉이 피었다.
살아서 만나야 하는 황매산 철쭉
그곳에 그가 있었다.
우리가 오기를 아름답게 활짝 웃으며
황매산에서 기다리고 있었다

(20년 5월 14일)

아! 대관령

아! 대관령.

푸른 초원이 하늘 바람에 춤춘다.

동해를 달려온 구름이 초원에

하얀 이불을 펼치고 나를 맞이한다.

설레는 마음에 서둘러서 장사 준비를 하고, 10시경 출발하여 동해안을 따라 대관령을 향해 달렸다. 옥계 휴게소를 지날 무렵 영교 친구가 어디쯤 오느냐고 전화가 왔다. 영교 친구의 목소리만 들어도 대관령의 푸른 초원이 내 마음 가득 채웠다.

먼저 발왕산을 오르기 위해 용평리조트로 갔다. 곤돌라를 타

고 산에 올라가니 발아래 녹음이 빠르게 달려간다. 지난날 스키를 타려고 수없이 올랐던 곤돌라를 타고 오르니 눈 덮인 슬로프와 설화를 피운 주목들이 내 머릿속에 가득히 다가왔다. 곤돌라에서 하차하여 사방을 둘러보니 모든 산이 발아래 멀리 파노라마를 만들고 있었지만, 미세먼지가 가득하여 깨끗한 모습으로 보이지 않았다.

아쉬움에 커피를 한 모금 마시고, 발왕산 하늘공원을 산책했다. 산 아래 있을 때는 더웠는데 시원한 바람이 몸과 마음을 정화하며 기분을 상쾌하게 만들었다. 이제 만개하고 있는 철쭉이 반갑다. 여기서만 만날 수 있는 마유목의 산책길은 여행의 별미로 우리를 행복하게 했다.

스키 시즌에 눈 위를 달렸던 레인보우 슬로프를 내려다보니 가파른 경사가 두려움으로 다가왔지만, 마음 한쪽에는 설레기도 했다. 산에서 내려와서 동계올림픽 때 경기한 스키점프장으로 이동하여 영교를 만났다. 소탈한 웃음소리가 멀리서 다가오면서 반가움이 점프대를 날아서 내 품에 안겼다. 영교 친구의 설명으로 스키박물관을 관람했다. 이곳에 전시된 자료는 지난날 영교 친구가 전국을 다니면서 모았던 소중한 자료들이다. 그때 모으지 않았으면 흔적도 없이 사라졌을지도 모르는 귀한 자료들이다.

동계올림픽 당시에 메인 스타디움으로 사용했던 건물과 성화 봉수대를 둘러서 영교 친구 집으로 들어가니 수많은 돌탑이 우리를 맞이했다. 지난해에 아버님께서 별세하시고 태풍 마탁이 지나갔다. 하천에 옮겨놓은 돌과 어머님 고향마을에서 운반한 돌을 쌓아서 86개의 크고 작은 돌탑을 부모님을 생각하며 쌓았다고 했다. 요즘 세상에 보기 어려운 효심이다. 집 주변의 야산에는 어머니 산책길을 만들어 매일 눈을 뜨면 어머께 글을 쓰고 산책길을 돌고 일과를 시작한다고 했다. 장작불을 피우고 고기를 굽고 약주를 마시며 둥근달을 잔에 담아서 건배했다. 밤을 태우는 장작불은 지칠 줄 모르고 타고 있었지만, 모두 숙소로 들어가고 나 홀로 달빛을 벗 삼아 어머니 산책길을 걸었다.

달이 머무는 곳

하늘의 달이
내 마음속에 들었구나
대관령 벗은 구름을 걷고
바람은 달빛을 들고
돌탑에 쌓이네

나무에 달이 걸렸구나
여보게 세월을 잔에 채워서
건배하자
달이 술에 취하니
바람도 나무에 걸려서 비틀거린다.

여보게
친구야 반갑다
달이 머무는 이 밤
너의 곁에 내가 머문다.
나의 곁에 네가 머문다.

이른 아침에 잠이 산책하러 가서 나도 혼자서 지난밤에 걸었던 어머니 산책길을 다시 걸었다. 각시붓꽃이랑 패랭이꽃 등이 벌써 예쁘게 화장하고 나를 반겼다. 숲속에서는 새들이 노래를 부르고 친구가 만든 어머니 산책길을 걸으니 그동안 잊고 지냈던 나의 어머니 생각이 나면서 눈시울이 붉어진다. 아내와 친구들과 대관령 황태 해장국집에서 아침을 먹고, 어머니 산책길을 걸으며 "대관령 이야기" 유튜브 촬영을 함께했다.

수많은 야생화와 계곡, 나무들을 만나며 걸어가니 평범해 보이던 길이 아름답게 다가왔다. 한일 2목장을 차량으로 올라가니 초록의 초원이 장엄하게 펼쳐지고 저 멀리 삼양목장과 한일 1목장이 광대하게 자리하고 있는 곳곳에 풍력발전기가 설치되어 있었다. 초원에 들어가니 풀잎마다에 동심이 우리를 어린아이로 되돌렸다. 초록의 초원에 미풍이 쓰다듬으니 목초는 미풍의 춤을 추고 우리는 동심으로 초원에 들어가 온갖 포즈로 사진을 찍었다.

약 1,000만 평의 초원 선자령 주변에 구름이 몰려들면서 산수화를 그렸다. 대관령의 6월은 아름다움뿐 아니라 초원의 바다다. 사방이 뜨인 풍력발전기 아래에서 과일과 차를 먹고 사진작가의 지시로 아내와 손잡고 초원을 걸어가면서 드라마의 주인공처럼 사진을 찍었다. 아내와 손을 꼬옥 잡고 마주 보고 웃으면서 걸어가는 연출이었지만. 이렇게 연출을 작가가 지시하지 않았으면 그냥 각자의 포즈로 사진만 찍고 끝났을 것이다. 연출하기 위해 손을 잡고 웃으며 걸어야 하는 순간에 커다란 감동으로 추억을 만들었다.

월정사 입구의 '산채 일번가'라는 식당에 들어가서 21가지의 각종 나물과 약 30여 종의 반찬이 상위를 가득 채운 진수성찬으로 점심을 먹었다. 나는 대관령에 오면 산채정식은 꼭 먹고 간다. 이렇게 다양한 나물을 맛있게 먹을 수 있는 곳이 흔하지 않기 때문이다.

월정사의 전나무 숲길을 걸었다. 하늘을 찌를 것처럼 곧게 자란 아름드리 전나무들은 자꾸만 나를 작게 만들었다. 숲길 산책은 느리게 걷는 것이 좋다. 느린 만큼 숲의 부자가 되기 때문이다.

서영교 친구와 작별하고, 차량으로 상원사로 들어가니 약 8km의 숲길은 신록으로 우거져 있는데, 아내는 가을에 단풍을 보러 꼭 오자고 한다. 상원사 주변에도 아름드리 전나무들이 하늘을 찌르고 있었다. 상원사 마당의 돌탑이 오대산 능선에 하얀 구름을 덮고 살아서 가 보고 싶은 곳 아홉 번째 여행의 하트를 그렸다. *(20년 6월 4일~5일(1박 2일)*

서해 우도에 4대가 모여

처제가 사는 곳이 서해의 우도라는 섬이다. 20여 년 전에 한 번 다녀오고 왕래가 없었는데 이번에는 서울에 사는 아이들과 함께하려고 주말에 일정을 잡았다. 9시경 처남이 핸들을 잡고 쉬지 않고 경부고속도로를 달리다 대전에서 당진 고속도로를 달리고, 서산 근교에서 서해고속도로 달려 서산 인터체인지에서 고속도로를 벗어나 서산시에서 콩국수로 늦은 점심을 먹었다.

서산 터미널에서 아들을 만나 팔봉산 아래 전원생활을 하는 처남을 내려주고 장모님께서 살고 계시는 집으로 갔더니 딸과 사위 외손녀가 먼저 도착하여 기다리고 있었다. 마당까지 마중 나오시는 장모님께 인사드리고 서둘러 우도 가는 선착장으로 갔지만, 배편과 시간이 맞지 않아 발천포 해수욕장으로 관광을 갔다. 주말이라서 길거리에 수많은 텐트가 쳐져 있고 캠프장에도 텐트를 빼곡히 쳐놓고 주말을 즐기고 있었다. 코로나19로 문화가 많이 바뀌었다.

우도 들어가는 선착장에서 반 시간 정도 기다리니 멀리서 배 한 척이 물보라를 일으키며 달려왔다. 17시에 정기 운행하는 약 20명 정도 승선할 수 있는 작은 배가 해안에 정박했는데, 손님은 우리 일행밖에 없었다. 곧바로 시원한 바람을 일으키며 바다를 약 30분 달려서 우도 선착장에 도착하니 동서가 경운기를 가지고 마중 나와 있었다.

약 10여 가구가 전부인데 마을이 산뜻하다. 섬 한 바퀴가 1,800m라고 했다. 처제 집 가족과 장모님, 우리 가족이 둘러앉아 고기를 구워서 오랜만에 이야기꽃을 우도섬 가득 피웠다. 우

PART 2 산과 함께 산 이야기

리가 자리 펴고 앉은 곳은 마을의 길이다. 마을의 집들 마당이 대부분 마을의 길이다. 나는 처조카 집이라고 해서 지혜에게 나중에 여기서 한 달 살기를 하고 싶은데 얼마에 임대하겠니?라고 물으니 이모부는 공짜로 빌려준다고 했다. 나의 꿈이 그림을 그리는 것인데 우도의 아름다운 섬에서 일출과 일몰 밀물과 썰물 때의 아름다운 모습을 도화지에 그리고 싶은 마음이 섬에 첫발을 놓을 때부터 간절했다.

차 한 잔 마시고 섬 둘레길 산책을 나섰다. 태양이 바다 건너 서쪽 산을 넘어가려고 했다. 바다는 썰물로 끝없이 넓은 갯벌을 들어내고 있어 바다 건너 멀리 있던 섬이 육지로 연결되었다.

아내의 손을 잡고 아이들과 석양의 아름다운 모습을 감상하며 산책하니 넓은 바다보다 더 커다란 행복이 밀물처럼 밀려들었다. 태양은 마지막 이별을 하면서 구름에 붉은 옷을 입히고 바다는 썰물로 속내를 드러내고 우리는 소우도를 걸어서 산책하면서 하루를 마무리했다.

처제와 동서는 마을 사람들과 함께 바다로 나갔다. 해산물 채취를 하려고 물 빠진 펄로 가서 소라도 채취하고 낙지도 잡고 어쩌다 물 따라가지 못한 물고기도 잡아 왔다. 이곳 어민들은 썰물 때 대부분의 일을 하고 밀물 때는 육지에서 준비작업을 하였다. 밤하늘에 보름달이 커다란 미소로 우도와 바다를 대낮같이 밝히

고 멀리 펄에는 해산물 채취하는 불빛이 반짝였다. 밤 10시가 지나자 처제와 동서가 소라를 채취하여 돌아왔다. 오늘같이 보름달이 웃고 있으면 해산물이 많이 잡히지 않는단다.

이른 새벽 나 홀로 집을 나서니 내가 자는 동안에 밀물이 들어서 집 앞까지 물이 찼다. 동녘 하늘 구름 속에서 태양이 붉은 인사를 했다. 어제저녁에 서쪽 산을 넘어가더니 밤사이 자지 않고 달려서 동쪽 산 위로 떠 올라 인사한다. 구름이 질투하여 태양을 감추지만, 구름 사이로 얼굴을 내미는 태양은 더욱 찬란하다. 아침 식사를 하고 우도 산을 아내와 처제와 올랐다. 원추리꽃이 몇 송이 핀 곳도 있지만, 산을 오른 사람이 한동안 없었는지 길에 풀이 자리를 차지하고 있다. 내 생애 가장 낮은 산 정상을 등정하고 나무 사이로 바다 건너 섬과 육지를 바라보았다.

또다시 썰물이 되면서 바다가 속내를 드러내 자전거를 타고 바다 건너편에 있는 분점도로 갔다. 약 20여 명의 주민이 바지락을 채취한다고 물 빠진 자갈밭을 뒤지고 있었다. 분점도에서 또 다른 모습의 우도를 핸드폰 속에 넣고 되돌아오니 전화가 왔다. 전을 부쳤는데 같이 먹자고 했다. 13시경 마을 어귀에 있는 선착장에서 배를 타고 우도를 출발했다. 달리는 배를 따라 한두 마리의 갈매기들이 배회하더니 새우깡을 던지니 10여 마리의 갈매기들이 새우깡을 먹으려고 날아든다. 배에서 내려 장모님, 아내, 딸, 외손녀 4대가 모여서 기념촬영을 하고 살아서 가 보고 싶은 열 번째 여행을 보냈다. *(2020년 7월 4일~5일(1박 2일)*

꽃무릇이 지천인 고창 선운사

나는 어디로 갈까?

어디가 지상낙원일까?

바람 부는 대로 가야 하나,

발길 닿는 대로 가야 하나.

살아서 가 보고 싶은 곳 열두 번째는 고창에 있는 선운사 주변의 꽃무릇을 만나기 위해 누나와 동행하여 남해고속도로를 달려서 선운사로 갔다. 코로나19로 중식도 김밥을 준비하여 휴게소 정자에서 먹고, 약 5시간을 주행하여 선운사 주차장에 들어가니 평일인데도 차들이 빼곡히 주차되어 있었다.

입구의 개울 건너에 바위를 타고 자란 송악이 어서 오라고 반긴다. 송악 아래 활짝 핀 꽃무릇이 입이 찢어질 듯이 웃으면서 입맞추자고 입술을 닫을 줄 모르고 피어있다. 개울 건너 숲속에 꽃무릇이 지천으로 피어있다. 계곡 옆으로 오르니 큰길 건너 공원에도 온통 꽃무릇으로 행락객의 발걸음을 붙잡고 있었지만, 우리는 내려올 때 그곳으로 가자고 하고 계속 계곡 따라 조성해놓은 산책길을 걸었다.

햇살이 잘 들어가는 곳의 꽃무릇은 아직 피지 않고 있는데, 그늘 속의 꽃무릇은 모두 만개하여 있었다. 우리는 선운사는 들어가지 않고 도솔암으로 꽃무릇 피어있는 계곡 옆 산책길을 걸으면서 수많은 감탄사를 지르고 도솔암에 들어가니 웅장한 바위 아래 아늑한 사찰이 우리를 반긴다. 이곳에도 숲속에는 꽃무릇 천국이다. 도솔암 뒤편의 웅장한 바위에 불상을 조각해 놓은 마

애석불은 나의 마음을 자연스레 경건하게 만들었다.

다시 숲속으로 산을 올라 용문 석굴에 갔다. 커다란 바위가 구름다리를 만들어놓았다. 그곳을 통과하여 산을 올라 낙조대에 도착하니 4시 50분 경이다. 멀리 바다가 보이고 약간의 새털구름이 있어 오늘의 낙조가 아름다울 것으로 생각되어 우리는 일몰을 보고 산에서 내려가기로 했다. 커피를 마시며 둘러보니 사방이 모두 산의 파노라마다. 기다리는 시간에 천마봉에 가 보니 탁 트인 조망이 가슴을 시원하게 만들었다. 아직 태양이 바닷속으로 들어갈 시간이 남아 있어 배민바위 있는 곳으로 100개의 계단을 산책하고 낙조대에서 일몰을 기다렸다.

태양이 바닷속으로 들어갈 수평선에 구름이 깔려 있어 일몰의 장엄한 모습은 보여주지 않았다. 천마봉 옆 계단을 내려와서 뒤돌아보니 거대한 수직 바위 위에 초승달이 윙크를 하며 잘 가라고 인사했다. 어둠이 숲속에 꽃무릇에 내려앉았다. 도솔암에서 차도를 따라 빠른 속도로 산에서 내려와서 저녁 8시경 식당으로 들어가 풍천장어를 구워서 복분자를 잔에 채우고 꽃무릇 여행을 위하여 잔을 높이 들었다.

내비게이션을 켜고 야영장을 찾아 들어가니 아무도 없었다. 코로나19로 야영장도 임시 사용 중지한다는 현수막이 부착되어 있었지만, 데크에 텐트를 치고, 차 속에 잠자리를 펴고 야영 준비를 해놓고 산책을 나섰다. 낮게 설치한 가로등을 따라 걸었는데, 아무도 지나간 흔적이 없는 작은 저수지 둘레 길이었다. 하늘에 수많은 별이 반짝였다. 고즈넉하고 아름다운 밤이다. 텐트 속에 누워있으니 별들이 자지 말고 놀자고 했다.

새벽녘에 잠이 텐트 밖으로 도망을 가서 밤하늘을 보니 별들이 파티하는지 더욱 찬란하게 반짝였다. 글을 쓰고 사진 정리하다 잠을 불러 보았지만, 좀처럼 텐트 속으로 들어오지 않아 뒤척였다.

6시경에 일어나서 물을 끓여서 보온병에 넣고, 장비를 정리하고 7시경 선운사로 산책을 나섰다. 이른 아침이라서 사람들이 많이 없고 기온이 상쾌하여 숲속에 피어있는 꽃무릇이 더욱 아름답게 보였다.

계곡 따라 산책길이 있고, 계곡 옆으로 붉은 꽃무릇이 지천으로 피어있으니 아내는 "천국이 있다면 이런 곳이 아닐까"라고 했다. 계곡 옆에 있는 정자에 앉아 커피와 빵으로 조찬을 먹었는데 빵조각을 계곡물에 던지니 수십 마리의 물고기들이 서로 먹으려고 몰려들어 쟁탈전을 벌였다. 되돌아 내려오니 사찰 입구의 공원에는 수만 평의 꽃무릇이 장관을 연출하고 있어 아내는 5천만 원짜리 여행이라며 좋아했다.

내비게이션을 켜고 영광 불갑사를 찍으니 57Km가 나왔다. 불갑사 들어가는 도로의 가로수가 꽃무릇이다. 열한 시가 되지 않았는데 주차장은 빼곡하고 사람들은 줄지어 꽃무릇을 관람하고 있었다. 관람 통로도 일방통행이고 사진 찍을 때 마스크도 벗지 못하도록 군데군데 관리 요원이 지키고 있었다. 불갑사 경내의 꽃무릇은 가을 논에 황금빛 벼가 익어가는 것처럼 나무 아래 붉은 꽃무릇이 불을 태우고 있었다. 그러나 코로나19로 통제하니 여행의 자유로움이 규제되어 여행의 맛이 반감되었다. 장대한 꽃무릇이었지만 서둘러 구경하고, 이곳의 특산물인 모시떡을 구매하려고 영광 시내를 돌아다녔다. 모시떡을 사고, 도로로 나오니 길거리마다 모시떡 판매하는 점포가 있었다.

영광군의 대표 음식인 영광굴비를 먹기 위해 법성포의 식당가를 찾아가니 모든 식당이 굴비집이다. 유튜브를 검색하여 가성비가 좋았다는 강화식당을 찾아가서 보리굴비 정식을 주문하여 점심을 먹었는데, 굴비의 맛이 내가 지금까지 살아오면서 먹었던 굴비 중 최고였다. 밥을 두 그릇이나 먹었다. 식당을 나오면서 주인에게 덕담했더니 출입구까지 나와서 인사를 한다. 여행 중에 맛있는 음식을 먹는다는 것은 여행 만족도의 50%를 차지하지 않을까 하고 생각했다.

포만감에 행복한 기분으로 백수해안도로를 드라이브하였는데 이곳에는 일몰 전시관까지 있으니 얼마나 일몰이 아름다울까 생각하니 다시 찾고 싶었다. 돌아오는 길에 남해고속도로를 달리니 선운사의 꽃무릇이 머릿속에 가득 남아있고, 영광굴비의 맛이 입안에 가득 남아있으며, 아내와 누나의 사랑이 가슴에 가득 남아있는 여행이었다. *(20년 9월 22~23일)*

숲으로 간 돈키호테를 찾아서

먼 옛날 함께 남극 탐험을 하였던 동료가 강원도 홍천군 화촌면에 까르돈을 운영하고 있다. "나는 숲이다"라는 주제로 삶을 살고 있으며, 그는 남극 탐험 후 시베리아에 들어가서 호랑이를 촬영하였으며 지난해에는 KBS 한국방송의 인간극장에 "숲으로 간 돈키호테"로 방영되기도 한 동료다.

약 20년 만에 그를 만나기 위해 10시경 아내와 가게를 출발하여 누나를 태우고 내비게이션의 안내를 받으며 고속도로를 달렸다. 단양 휴게소에서 준비한 죽으로 점심을 먹고 신라 시대의 적성비가 있는 동산에 올라 커피를 마시며 지난 시절 함께 남극 탐험을 했던 추억을 되새김해 보았다.

　산자락에 자작나무 숲과 컨테이너 몇 동과 가옥이 몇 채 있었
다. 주차하고 레스토랑에 들어가니 젊은 직원인 듯한 사람이 있
어 최기순 씨 어디 있냐고 물었더니 저 위의 전시관에 있다고 안
내했다. 기른 머리를 묶고 구레나룻 수염에 그을린 건강한 모습의
기순이가 반긴다. 마침 내일 JTBC에서 "서울에는 우리 집이 없
다"라는 프로그램 촬영이 있어 분주하다. 바쁜 그를 저녁에 만나
자고 약속하고 자작나무 숲으로 올라가니 빨간 지붕의 자그마한
집이 그림자를 연못에 드리우고 우리를 반긴다. 더블 침대와 작은
의자 두 개 탁자 화장실까지 갖춘 앙증맞고 소담한 집이다. 주방
시설은 집 밖에 또 앙증맞게 지어놓았다.
　다시 자작나무 숲을 오르니 붉은 옷을 입은 단풍나무 뒤편의
나무 위에 나무집을 지워놓았다. 비좁게 두 사람은 잘 수 있을
것 같은 침대가 있고 주방 시설과 화장실은 밖의 데크에 자그마

하게 지어놓아서 하룻밤 지내고 싶은 마음이 간절했다. 내일 방송국의 촬영만 없으면 오늘 밤 잘 수 있을 것인데 하는 아쉬움을 자작나무 숲에 매달아 놓고 내려오는데 대관령에 사는 영교 친구가 찾아왔다. 기순이가 시베리아 야생 호랑이를 수년간 촬영한 사진을 전시한 전시관을 관람하였다. 호랑이 촬영을 하기 위해서 나무 위에 집을 지어서 수일간 잠복하면서 대소변과 식수 해결의 무용담과 호랑이가 낙엽 속에 엎드려 있어 지척에서 만난 이야기 등 지금 들으니 재미있지만, 고난과 위험한 사투였다.

　레스토랑에서 시베리아 차를 마시면서 영교랑 이야기를 나누고 있으니 숲속에 어둠이 찾아들면서 밤하늘에도 별들이 인사한다. 기순이가 바쁜 일을 정리하고 컨테이너 앞에 있는 데크에서 자작나무 장작불을 지피고 내가 들고 간 장어를 구워서 오랜 추억들을 빨갛게 태웠다. 혼자서 추억을 되살릴 때보다 둘이서 되살리니 자작나무 장작처럼 활활 타오르는 것이 우리를 즐겁게 했다. 남극 탐험할 때는 밤이 없어 별들이 보이지 않았는데, 오늘 밤하늘을 반짝이는 수많은 별이 그때도 반짝였을 것이다. 그날 우리의 추억이 은하수처럼 아스라이 보일 듯 말 듯하였다.

새벽에 잠이 컨테이너 밖으로 나가면서 나도 따라 나오니 쟁반 위에 놓인 콩알처럼 밤하늘에 별들이 다투어 반짝이고, 바람은 잠을 잔다고 미풍도 속삭이지 않는다. 아내와 이렇게 여행하는 것이 나의 최고의 행복이다. 세월이 아무리 빨리 달려간다고 해도 이렇게 살다 보니 하루의 시간이 넉넉하고 푸짐하다. 컵라면을 끓여서 어제저녁에 먹다 남은 장어랑 영교 친구가 들고 온 감자 빵으로 아침을 먹고 나니, 기순이 어머님께서 밥을 배송해 주셨지만, 배가 불러서 먹을 수가 없었다. 오늘 JTBC에서 '서울에는 우리 집이 없다'라는 프로를 촬영한다고 많은 스텝이 도착했다. 기순이와 아버님께 인사드리고 내비게이션에 설악산의 대승폭포 안내를 설정하니 68km가 나왔다.

지나가는 산에 단풍이 울긋불긋하였는데, 남설악 입구로 들어가니 계곡의 붉은 단풍과 노란 단풍이 산을 불태우고 있어 사진에 담고 한계령으로 올라가니 수많은 차량으로 도로가 정체되고 있었다. 대승폭포 주차장에서 산에 올라가니 여기도 감탄사가 저절로 나왔다. 폭포 상단이 보이는 전망대에서 산에서 내려와서 다시 한계령을 넘어서 오색약수터로 달렸다. 산 위에는 단풍이 모두 지고 아래로 내려갈수록 절정을 이루는 단풍이 산을 불태우고 있어 아내와 누나의 감탄사가 끊이지를 않았다.

곤드레 비빔밥으로 허기를 달래고 남설악의 주전골로 트래킹을 나섰는데 평일인데도 인산인해다. 계곡 좌우로 만들어진 길을 따라 걸어가면서 만나는 단풍은 웅장하고 장대한 바위들과 한 폭 한 폭의 산수화를 만들고 있었다. 아내가

"이래서 많은 사람이 설악 설악 하나 보다."

라고 했다. 어느 각도에서 사진을 찍어도 한 폭의 그림이라서 등산객들 모두가 사진 찍느라 느림보 걸음이다. 아내도 그만 가려고 했고 또 다른 비경에 가지 않을 수가 없다고 한다. 결국은 통제하는 마지막 폭포까지 트래킹 하였다. 산에서 내려와 동해안으로 달려서 집으로 향하는데, 이번 여행의 풍요로움이 가슴을 가득 채우고 있어 마음의 배가 포만감으로 가득 느껴졌다. (2020년 10월 19~20일)

지리산 단풍여행-노고단

거리에는 낙엽이 흩날리고, 높은 산의 나무들은 잎을 모두 떨
구고 앙상한 뼈만 남아있다. 그러나 남해고속도로를 달려가니 낮은
산자락은 온통 불바다다. 아내의 감탄사가 고속도로처럼 길게 소리
친다. 운전하면서 곁눈으로 바라보는 나도 가끔 감탄사를 쏟아낸
다. 우리들의 열네 번째 지리산 단풍여행은 이렇게 시작되었다.

생초IC에서 고속도로를 벗어나 한적한 시골길을 달렸다. 남은
단풍은 모두 산에서 내려와서 가을을 떠나려고 했다. 감나무는
잎을 모두 떨구었고 청 푸른 하늘에 황금빛 탐스러운 가을을 주
렁주렁 달고 있었다.

칠선계곡의 서암정사를 탐방하고 오도제를 넘어서 인산가 연

수원을 찾아갔다. 나는 평소에 위가 좋지 않아서 죽염을 한 통 구매하고 실상사로 갔다. 넓은 평지에 자리한 신라 고찰 실상사는 어둠이 찾아들면서 고즈넉하였고 오랜 세월이 탑에 층층이 쌓여 있었다.

달리면서 만나는 길가의 단풍나무는 지금이 절정이었다. 뱀사골 초입의 상가에 저녁을 먹으려고 들어갔더니 부부 한 쌍이 먼저 식사하고 있어 인사를 나누었는데 이분들도 외식업을 하고 있었으며, 매주 월·화요일은 휴무하고 여행을 다닌다고 했다. 같이 막걸리 한잔 마시며 정담을 나누고 그분들의 캠핑카에서 차를 한잔 얻어 마시고, 성삼재에 주차하고 따뜻한 침낭 속을 들어갔다.

5시경 침낭 밖으로 나와서 산행 준비를 하고, 5시 30분경 헤드 랜턴 불을 밝히고 산행을 시작했다. 차 속에서 들리던 바람 소리만큼 춥지는 않았지만, 밤하늘은 주먹 크기의 별들이 총총히 박혀있었다.

초승달이 주변을 밝히고 있었는데 랜턴 불 없이는 걷기가 불편하였다. 어두운 밤길을 임도를 따라 아내와 둘이 노고단을 오르는 지금은 우리들의 세상이다. 먼 인생길을 함께 걸어왔듯이 같은 벤치 코트를 입고 오늘도 아무도 없는 노고단 오르는 길을 함께 걸어가고 있다. 노고단 대피소에 들어가니 십여 명의 사람들이 노고단을 오르려고 대기하고 있었다. 일출을 보기 위해 무리지어 산을 올랐는데 아내가 힘들어하면서 뒤처진다. 날은 밝아오고 노고단재에 올라서니 500m 멀리 노고단 정상이 보이고 동녘 하늘은 붉어 오고 있었다.

노고단 정상 부위에는 키 작은 나무에 상고대가 활짝 피었다. 뒤처져 올라오는 아내 마중을 나가서 같이 올라 정상 케른에서 따뜻한 커피를 타서 추위를 달래고, 수평선 위로 올라오는 일출을 맞이했다. 노고단은 일출보다 정상 부위에 활짝 핀 상고대가 햇살을 받아서 영롱하게 반짝이는 모습이 더욱 아름다운 아침이었다. 올해 처음 만나는 상고대다. 아내와 살아서 가 보고 싶은 열네 번째 지리산 단풍여행은 아침 햇살에 반짝이는 상고대처럼 영롱하게 반짝이고 있었다.

노고단 대피소에서 간식을 먹고 어젯밤 올랐던 길을 천천히 내려와서 뱀사골 입구에 주차하니 어제같이 막걸리를 마셨던 분

을 다시 만났다. 우리는 단풍이 떨어진 뱀사골로 산책하러 나갔다. 한가롭고 한적한 산책길은 데크로 만들어 계곡을 끼고 형성되어 걸어갈수록 몸과 마음이 맑아져 기분은 더욱 상쾌하여졌다. 계곡 따라 산책하다 천년을 살아온 와운천년송을 만나러 와운마을을 찾았다. 지리산 첩첩산중에서 천년의 세월을 살아온 와운송은 독야청청하게 우리를 말없이 반겼고, 우리는 그 나무 아래에서 차를 마시며 우리들의 지나온 삶을 되돌아봤다.

뱀사골을 내려와서 벽소령으로 달리니 이곳에는 산 사면과 길가의 단풍나무는 만추였다. 다시 백무동으로 들어갔더니 백무동 계곡도 벽소령에 뒤질세라 울긋불긋 산 사면을 불태우고 있었다. 아내는 감탄사를 쏟아내더니 지리산이 우리에게 마지막 단풍을 보여주려고 기다렸다고 한다. 아내는 이번 여행은 5억 원의 값어치라고 했으니 우리는 이틀 여행으로 5억 원을 벌었다. 마지막으로 지리산 흑돼지고기를 먹기 위해 어제 지났던 칠선골의 칠선산장을 찾았더니 매주 화요일은 휴무라고 하여 칠선골의 단풍까지 덤으로 눈 속에 넣고, 마천 읍내길의 식육식당으로 가서 지리산 흑돼지고기를 구워서 먹었다. 쫄깃쫄깃하면서 고소한 맛에 여행의 맛을 더해서 행복한 나들이였다. *(2020년 11월 9일~10일)*

바다 위의 아름다운 수석 거제도

잔잔한 바다 위에 자리한 작은 섬들은 수반 위의 아름다운 수석이다. 멀리 있는 섬들과 가까이 있는 섬, 섬의 크기에 따라 섬의 모양에 따라 나의 마음에 느끼는 감정은 다르다. 한 가지 공통인 점은 아름답고 평온하다는 것.

요즘은 낮이 짧아서 아침 8시경 서둘러 가게를 출발하여 거가대교 휴게소에 들어갔는데 코로나19가 1.5 단계로 격상되면서 사람들이 없어서 썰렁하였다. 섬과 섬을 연결하는 다리가 푸른 바다 위에 하얀색으로 자리를 하고 가끔 지나가는 배들이 잠깐 자신의 흔적을 남기고 달려갔다.

해저터널을 통과하고 바다 위의 다리를 달려서 거제도에 들

PART 2 산과 함께 산 이야기

어가서 자동차 전용 도로를 벗어나 해안선 도로를 느리게 운행했다. 어촌 풍경과 바닷가의 경치를 감상하면서 달렸는데 길을 잘못 들어서 한화리조트에 들어가니 탑승자 모두 열 체크를 하였다. 리조트의 해안으로 내려가서 거대한 건물을 보고 놀라고, 아름답게 조성한 산책로를 산책하고 다시 해안으로 달렸다.

유포 전망대에서 지나온 거가대교를 바라보니 과학기술의 대단함에 놀랐고, 해안의 아름다운 경치는 우리의 마음을 감성으로 녹여서 소리 지르게 하였다. 다시 해안 도로를 달려가는데 공곶이라는 이정표가 있어 그곳으로 찾아갔더니 걸어서 만나야 하는 곳이었다. 가파른 길을 올랐다. 다시 가파른 돌계단을 내려가는데 동백이 터널을 만들고 돌계단에는 꽃잎이 붉게 내려앉아서 나의 마음도 돌계단의 꽃잎 옆에 내려앉았다.

해안가에는 매미 태풍이 할퀴고 간 흔적이 아직도 남아있었고, 차가 들어오는 길도 없는데 몇 가구가 농사를 짓고, 각종 짐을 운송하는 모노레일이 설치되어 있었다. 돌아오는 길은 모노레일 하단부 해안으로 산책로가 있어 걸었는데 울창한 동백터널 사이로 걸어가니 꽃은 없었지만, 나의 마음에는 동백꽃이 활짝 피어있는 아름다운 산책로로 다가왔다. 여행 중에는 눈으로 보는 아름다움도 좋지만, 마음으로 느끼는 감동은 행복하다.

또다시 해안도로를 따라 운행하다 만개한 동백꽃이 있는 곳에 주차하였다. 그곳은 매미성 들어가는 길목이었다. 해안에 돌을 쌓아서 유럽 중세시대의 성처럼 건축되어 많은 관광객이 관람하는 명소가 되어있었으며, 지금도 혼자서 계속 성벽을 쌓고 있었다.

여행 중에 맛있는 음식을 먹는다는 것은 행운이다. 거제 시가지를 지나면서 인터넷을 검색하여 현지인이 추천하는 장수 굴국밥 집을 찾아갔는데, 작은 식당에 많은 사람이 식사하고 있었다. 우리도 상을 치우지 않은 빈자리를 찾아 매생이 굴국밥과 굴튀김을 주문하여 먹었다. 내가 지금까지 먹어본 굴 요리 중에 가장 맛있는 굴 요리였다.

바람의 언덕으로 내비게이션의 안내를 받으며 해안도로를 달리니 꽃을 떨어뜨린 수국이 아직도 푸른 잎으로 길옆에 서 있고, 동백으로 조성된 가로수는 꽃망울을 가지 끝마다 풍성하게 달고 겨울을 피우려고 기다리고 있었다. 바람의 언덕에는 제법 많은 관광객이 북적이고 있어 가볍게 둘러보고, 하늘을 보니 가득 덮였던 구름이 이사를 많이 하여서 일몰을 볼 수 있을 것 같아 지도를 보고 서둘러서 서쪽 해안으로 달렸다.

가끔 비포장길을 달렸지만 길은 더욱 운치가 있었고, 바다에 있는 섬들도 더 아름답게 느껴져 소리 지르며 가는데 병대도 전망대에 도착하니 태양이 구름을 붉게 물들이고 바닷속으로 들어가려고 했다. 아~름다운 일몰이다. 장관이다. 이런 일몰을 볼 수 있는 것은 행운이다. 움직이지 않는 아름다움은 그 순간에 찾아가면 만날 수 있지만, 움직이는 아름다움은 타이밍이다. 그래서 일출과 일몰 운해, 구름 등의 아름다운 경치를 만날 수 있는 것은 행운이다.

통영에 전원주택을 가지고 우리를 기다리고 있는 동생 집으로 찾아갔더니 본인이 직접 낚시하여 요리한 회를 커다란 접시에 가득 담아 상차림을 하였는데, 회의 식감이 쫀득쫀득하고 씹을수록 단맛이 입안 가득한 진미였다. 오랜만에 만난 동생이랑 소주잔을 부딪치니 정감이 잔에서 가슴으로 가득 채워졌다. 밖으로 나오니 하현달이 키 큰 소나무 위에서 내려다본다. 집 언저리에는 사랑의 달빛이 은은하게 내려앉았다.

동생이 잡은 고기와 손수 농사지은 호박을 싣고, 서둘러 사량도 들어가는 가오치 선착장으로 달렸다. 차도 함께 배에 실어 약 40분을 바다를 달려서 사량도에 내려서 싣고 간 차를 타고 상도 순환도로를 느리게 운행했다.

어느 곳이나 전망대가 있는 곳은 조망이 아름답다. 그래서 전망대가 있으면 무조건 쉬어가야 한다. 그렇게 해안으로 상도를 거의 완주하여가는데, 옥동마을에 성자암 이정표가 있어 그곳으로 가파른 임도를 따라 산을 올랐다. 성자암에 주차하고 암부에 올라 이정표를 보니 좌측으로 가면 지리산 정상이고, 우측으로 가

면 달 바위, 가마봉, 옥녀봉으로 안내되어 있었는데 먼저 사량도
의 최고봉인 지리산 정상으로 산행했다.

능선을 따라 걸어가니 사방이 조망되면서 바다와 섬들이 한
폭 한 폭의 산수화로 볼 때마다 감탄사를 지르게 했다. 하늘에는
구름 한 점 없고 바다는 파도가 없어 거울 같았다. 드디어 지리산
정상에 올라서니 아내는 정상 표지석 옆에서 두 팔을 높이 들고
"김현순 대단하다"라며 자신을 칭찬한다.

간식을 먹고 산을 되돌아 암릉인 달 바위와 가마봉을 지나
옥녀봉에 도착하니 출렁다리가 두 곳에 설치되어 있었다. 우리나
라 수많은 섬 중에 가장 아름다운 산이 사량도 지리산이 아닐까
하는 생각이 든다. 일행들은 옥녀봉에서 가까운 곳으로 하산시키
고 나는 지나왔던 길을 되돌아 성자암에서 차를 가지고 운행하
여 하산한 일행들과 만나 하도 일주도로를 드라이버 했다.

사량도를 나와서 통영의 서호시장으로 찾아갔다. 한적한 시장을 둘러보고 멸치가 깨끗하여 3박스 사면서 이곳의 맛있는 해산물 요릿집을 소개받아 찾아갔더니 요리의 뷰는 거창했는데 해산물들이 싱싱하지 않아 맛이 없었다. 여행 중에 맛있는 음식을 먹는 것이 여행 즐거움의 큰 비중을 차지하기 때문에 그곳의 맛집을 찾으려고 노력하지만, 맛있는 집을 찾기도 쉽지 않다. 통영에 가면 꿀빵을 먹어야 한다고 소문이 나서 내비게이션을 치고 찾아 찾아갔더니 한 곳은 문을 닫았고 또 한 곳은 이사한 지 2년 되었다고 했다. 길가에 보이는 꿀 빵집으로 들어가서 그 집에 남은 꿀빵 다섯 박스를 전부 구매하고 울산으로 달리니 온통 도로 주위에 꿀빵 집들이 줄지어 있었다. *(2020년 12월 2일~3일)*

수만 평 청보리밭 내소사 선유도

3월 초에 가지산에서 아내의 다리가 골절되면서 약 6개월 만에 떠나는 여행이다. 이번 여행은 대상지를 선정하기에 앞서 4월 1일부터 도보로 매일 40km씩 100일간 4,000km를 걷고 있는 김삿갓(김영교 친구)의 50일째 격려차 떠나는 여행이라서 내소사와 선유도를 대상지로 선정했다.

새벽부터 장사 준비를 해놓고 9시 30분경 내소사로 내비게이션을 켜고 남해고속도로를 질주했다. 많은 비가 내리고 안개가 끼어서 운전하기가 어려워 모든 신경을 곤두세우고 달렸다. 서해안고속도로의 고인돌 휴게소에 도착하니 비가 그쳤다. 김삿갓에게 전화했더니 대관령의 지인 두 분이 격려차 내려와서 흥덕면에서

PART 2 산과 함께 산 이야기

반주하고 있었다. 오늘은 새벽 3시에 출발하여 벌써 40km를 걸었다고 한다.

대관령에서 온 지인들과 덕담을 나누다 내소사에 17시경에 도착하여 경내 산책에 나섰다. 입구의 아름드리 전나무가 하늘을 찌를 듯이 솟아있고, 작은 다리를 건너니 오랜 세월을 살아온 단풍나무는 숲 터널을 만들어 우리를 감동하게 했다. 경내의 1,000년을 살아온 느티나무는 고즈넉한 사찰의 분위기와 어울려 저절로 고개를 숙이게 했다. 은해사 운부암의 1,300년을 살아온 느티나무는 속을 비워서 지금까지 살아왔는데, 1,000년을 살아온 내소사의 느티나무는 나이 들어도 건강하게 살아가고 있었다.

이른 아침에 혼자 주차장 주변을 산책하고 6시경 아내와 내소사 전나무 숲길을 다시 산책했다. 아무도 없는 숲길은 우리들의 정원이다. 이른 아침에 지저귀는 새들의 노래는 귀를 즐겁게 하고, 녹음은 눈을 시원하게 하며, 산은 마음을 깨끗하게 씻어준다. 서둘러 고창군의 청보리 축제장으로 내비게이션을 켜고 이동했다. 약 54km를 달려 찾아갔더니 청보리는 이제 익어서 누런색을 띠고 있었다. 수만 평의 청보리밭에 아무도 없다. 이른 시간이라 아내와 나만의 광활한 보리밭이다. 위에서 내려다보니 풍요롭고, 아래에서 올려다보니 보리밭 수평선은 하늘에 닿았다.

격포 삼거리로 이동하면서 길거리에서 판매하는 개구리참외도 사고, 감자도 샀다. 명성을 얻고 있는 슬지 제빵소를 찾아갔더니 10시부터 영업을 한다고 하여 기다리지 않고 이동하는 데 변산 자연휴양림의 간판이 있어 찾아 들어갔다. 바다와 숲을 경관으로 조성한 휴양림이라 아내와 해안으로 산책을 하다 소나무 두 그루 아래 의자에 앉아 개구리참외를 깎아 먹었다. 아주 달고 아삭아삭한 것이 여행의 별미로 행복하게 했다. 바다가 발아래 자리하고 수평선에 섬들이 있는 아주 작은 해변에서 소원 소나무 의자에 아내와 나란히 앉아 참외를 먹었다.

격포 삼거리에서 김삿갓의 차를 아내가 운전하고 새만금 방파제를 달렸다. 김삿갓이 지금 새만금 방파제를 걸어가고 있어 통화하여 신시도 휴게소에서 12시경에 만났다. 새벽 5시경에 출발하여 30km를 걸었다. 오늘 김삿갓의 40km 목적지는 해넘이 휴게소라서 차를 그곳으로 이동시켜 놓고 함께 선유도 관광에 나섰다.

섬과 섬에 다리를 놓아서 차로 들어갈 수 있으니 아름다운 섬들을 쉽게 관광할 수 있었다. 정자도의 아름다운 횟집에서 봄 도다리를 주문하여 바지락 칼국수와 만찬을 즐기고, 선유도 관광을 했지만, 시간이 부족하여 눈으로 보는 관광을 하고, 마음으로 느끼는 관광을 즐기지 못해 아쉬움이 남았다. 신시도 휴게소에 김삿갓을 내려주고 끝이 보이지 않는 새만금 방파제를 달렸다.

전주를 지나 장수에 전원생활을 하는 친구 집에 찾아가서 삼겹살을 구워서 저녁을 먹으며 멀리 병풍처럼 펼쳐진 산을 바라보았다. 친구의 부인은 이곳은 석양이 너무 아름답다고 했다. 산 너머 우리들의 지난날을 되돌아보니 두 사람이 결혼식 할 때 내가 사회를 보았던 추억이 아스라이 안개처럼 피어났다. 이제 우리들의 머리는 흰 구름처럼 변했고, 얼굴에 주름은 산의 골짜기처럼 골이 생겼다. 울창한 숲들을 어둠이 덮으니 우리들의 열여섯 번째 여행도 추억 속으로 들어 가고 다음 여행지를 찾고 있었다.

(2021년 5월 20~21일)

사천과 남해 금산

봄이 지나가고 6월의 여름으로 들어가면서 맑은 날보다 흐린 날이 많아졌다. 여행을 다녀오면서 이번 여행은 사천과 남해 일원을 여행하려고 수많은 정보를 찾아보았다. 우리처럼 자연을 목적으로 하는 여행은 날씨와 시간과 계절이 절대적인 영향을 미친다. 계절은 예고된 것이지만 날씨는 그날그날의 변화이고, 시간은 이른 아침이 좋다.

잔뜩 찌푸리던 날씨가 사천에 들어서니 비를 뿌린다. 와룡산 순두부집에 찾아가서 식사했다. 즉석에서 두부를 조리고, 양념불고기와 순두부찌개가 나왔으며 밥은 볶아서 먹도록 하였다. 가성비가 괜찮은 집이다. 식사 후 데크에 앉아 커피를 마시며 지붕을 두드리는 빗소리를 들었다. 사천 바다와 건너 낮은 산들을 바라보면서 이번 여행의 일정을 상상했다.

사천 케이블카를 타고 바다를 왕복하고 각산 꼭대기에 하차하여 데크 계단을 우산을 쓰고 올라 사방을 둘러보니 안개가 앞을 가려서 아무것도 보이지 않았다. 시야가 좋은 날은 한려해상국립공원의 섬들이 동양화를 그려놓을 것인데, 아쉬움만 안갯속에 가득 피어났다.

사천대교를 건너서 비토섬으로 들어가 한적한 해안도로를 천천히 달렸다. 말없이 내리는 비는 나그네의 마음에 삶의 여유로움을 주어 부자로 만들어 즐거웠다. 다시 사천대교를 건너와서 무지개 해안도로를 찾아 갯벌에 만들어놓은 부양교를 걸었다. 썰물 때라 물이 빠진 펄이 끝없이 펼쳐져 있었다.

남일대 해수욕장을 찾아 코끼리 바위로 들어가니 지난해 태

풍 때 진입로가 유실되어 통행금지를 시켜놓아 멀리서 바라보고 해수욕장을 뒤로했다.

덕원각곤양군수밥상 집으로 들어가 진주에서 교편을 잡고 있는 산악인을 만나 함께 해산물 만찬을 즐겼다. 풍성한 해산물과 지기를 만나 이야기꽃을 피우며 먹는 저녁은 여행의 별미였다. 대화 중에 다솔사 고찰을 소개받아 식사 후 밤을 달려서 다솔사 주차장으로 들어가니 울창한 숲들이 반겼다. 어둠 속으로 내리는 비는 나뭇잎에 잠깐 모였다가 차의 지붕을 두드렸다. 적막한 밤에 차를 두드리는 물방울 소리를 자장가로 들으며 꿀잠 속으로 빨려 들어갔다.

깊은 잠을 자고 눈을 뜨니 5시였다. 혼자 밖으로 나와서 새들이 노래하는 숲으로 산책을 나섰다. 다솔사 뒤편은 녹차밭으로 가꾸어져 사찰과 어울려서 더욱 고즈넉하고 신비로운 느낌으로 다가왔다. 사찰을 들어오는 길의 울창한 숲길을 아무런 생각 없이 홀로 걸었다. 무념무상이다. 은은한 마음에 미풍이 지나가고, 새들이 지저귀고, 계곡의 물이 흘러간다. 차에 돌아와서 아내와 누님과 다시 같은 길을 걸었다. 다솔사도 부처님을 모시지 않고 부처님 사리를 안치해놓은 절이라서 합장하고 사리탑을 세 바퀴 돌았다. 차에서 물을 끓여서 누님이 들고 온 쑥떡과 커피를 마시고 다솔사를 떠났다.

　삼천포 대교를 건너서 남해에 있는 보리암으로 갔다. 수십 년 만에 찾아가는 길이 낯설었다. 옛날에는 상주 해수욕장에서 올랐는데 차량의 내비게이션 안내를 받으며 제2주차장으로 가파른 산길을 오르니 울창한 숲이 어서 오라고 안개와 어울려서 반긴다. 주차하고 산책 길을 따라 보리암에 찾아들었지만, 안개구름이 덮고 있어 아무것도 보이지 않았다. 산책길에 비가 내리지 않는 것만으로도 감사했는데 자꾸만 아쉬움이 여운을 몰고 왔다. 경내를 들러보다 아내와 누님을 만불전으로 모시고 들어가서 멍때리기를 했다. 우리나라에서 기도발이 잘 받는 4대 사찰 중의 한 곳이 보리암이라 하는데 내 생각은 금산의 정상 부위에 좋은 기운이 많은 곳이라 보리암을 세웠고, 이성계 임금도 이곳을 찾아 기도한 이유라는 생각이 들었다. 스쳐 가지 않고 머물러 가려고 만불전에 앉아서 시간을 보냈다. 10여 분간 멍때리다 밖으로 나오니 산 아랫마을과 바다에 안개가 자리를 비키고 잔잔한 수채화를 펼쳐놓았다.

금산 정상에 올라 차를 한잔 마시고 봉수대에 올랐지만 구름이 덮어서 조망되지 않았다. 단군 신전을 둘렀다.

금산산장에서 컵라면에 뜨거운 물을 채우고 바위에 놓인 테이블에 앉아 다도해와 금산의 바위를 내려다보면서 먹는 컵라면은 내 생애 가장 맛있는 컵라면이었다. 식탁도 선계의 식탁이라 나는 금산의 신선이 되었다.

금산을 내려와서 상주 해수욕장으로 주행했다. 숲이 울창하고 차들이 왕래하지 않은 길을 달리다 해안선의 도로가 만나는 곳으로 달렸다. 내비게이션을 켜고 우리 식당을 찾아가서 멸치 회무침과 멸치 쌈밥을 주문했다. 시골인데 맛집으로 알려져 많은 사람이 식사하고 있었는데, 멸치 회무침은 아주 맛있으며 멸치찌개는 독특한 맛으로 느껴졌다.

남해의 명소인 독일마을을 지나 바닷가의 물건리 방조 어부림을 찾아갔다. 해안을 따라 각종 활엽 수목을 길이 750m 폭 40m로 조성되어 있었다. 울창한 숲속의 산책로를 왕복으로 산책하며 숲이 주는 기운을 온몸으로 받아들이고 남해와 사천 여행을 뒤로하고 함안에 계시는 조형규 대장님께 인사드리고, 울산으로 돌아왔다. *(2021년 6월 15~16일)*

태고의 신비 간직한 우포늪

여름에 여행하면 좋을 곳을 찾아 수많은 정보를 뒤적이다 창녕에 있는 우포늪을 선정하였다. 1억 4천만 년 태고의 신비를 간직하고 있는 총면적 2,505천 제곱미터의 국내 최대 규모의 자연 내륙습지이다.

우리처럼 자연을 대상으로 여행을 즐기는 사람들은 자연의 소리를 즐겨야 한다. 비가 내리면 빗물이 두드리는 소리를, 바람이 불면 나뭇잎 부대끼는 연주를, 새들의 합창 등 자연의 소리에 감흥을 느껴야 한다. 매 순간 변하는 자연의 모습에도 감동하여야 한다. 아름다운 운무를 만나기 위해 높은 곳을 찾아가기도 하고, 석양을 만나기 위해 먼 거리를 달려가기도 하고, 일출을 보기 위해 몇 시간을 기다리기도 하며, 사계절의 아름다운 곳을 만나기 위해 메모를 해두어야 한다. 그렇게 노력하여 만나는 자연의 신비로운 아름다움에 감흥과 감동을 하여야 여행이 즐겁다.

우리는 여행 중에 지역의 맛집을 찾아 헤맨다. 사전에 정보를 얻어 찾아갈 때도 있지만, 그곳 주민에게 소개받아 가는 집도 있다. 여행 중에 맛있는 음식을 먹는다는 것은 여행의 특미다. 그리고 지금까지 여행 중에 만난 맛있는 음식들은 모두가 가성비가 좋았다.

18일 열 시경 가게를 출발하여 밀양을 거쳐 창녕으로 들어갔다. 점심시간이 다되어 도천진짜순대 집을 검색하니 멀지 않은 곳으로 내비게이션이 알려주어 그곳으로 찾아갔다. 한적한 시골 읍내에 그 집만 대형주차장에 차들이 가득하고 실내는 손님들이 빼곡하였다. 난생처음 먹어본 순대의 독특한 맛이었다.

맛과 포만감으로 거리를 달리는데 수많은 은행나무 가로수가 함께 달린다. 우포늪에 도착하여 산책로를 따라 걸어가니 매미가 요란스레 반긴다. 탁 트인 늪에 백로 몇 마리가 먹이를 찾고 있는 풍광이 목가적이다. 늪 옆의 산책로는 그늘에 산들바람까지 지나고 있어 시원한 기분이 마음마저 상쾌하게 하였다.

두 사람이 함께 타는 자전거를 임대하여 우리는 대대재발과 산책로를 달렸다. 평생 살아오면서 둘이 함께 타는 자전거는 처음 타보았는데 함께 페달을 밟으면서 우포늪의 산책길을 달리니 지나가는 사람들이 엄지 척하며 격려를 하였다. 조망이 트인 산책로에 앉아 차를 마시고 있으니 해설가인 듯한 분이 우포늪에서 우리가 앉은 곳이 제일 명당자리라고 한다. 이탈리아 미루나무 나뭇잎이 바람에 흔들리면서 부대끼는 타악기 연주가 귓속을 두드렸다.

차를 달려서 사지포 늪으로 찾아가는 길가의 늪은 원시림이다. 창문을 활짝 내리고 천천히 원시림의 맑은 기운을 가슴에 가득 채우며 사지포 늪으로 갔다. 사지포 늪에는 연꽃이 가득 피어 있었다. 수만 평의 늪을 가득 채운 연꽃은 연초록 잎으로 늪을 덮고, 선홍빛 붉은 꽃은 하늘을 향해 웃고 있었다. 아내와 나도 연꽃 따라 활짝 웃었다. 뒤돌아서 운행하여 사지포 제방, 주매제방, 우만 제방까지 드라이브하고, 주매마을에 있는 우포늪생태체험장을 관람했다. 하늘에 구름이 벗어지고 있어 서둘러 우포늪으로 달려가서 일몰을 보고 창녕 시내에서 저녁을 먹고 생태체험장에서 꿈나라로 들어갔다.

다음 날 어둠이 비켜나려 할 때 서둘러 주매제방으로 이동하여 차를 마시며 밝아오는 늪을 바라보았다. 늪이 잠에서 일어나는 소리가 들리고 새들이 아침 식사를 하기 위해 늪에 찾아들고

있었다. 소목마을에서 숲 탐방로 3길을 따라 목포 늪까지 산책하고, 왕버들 군락지를 탐방하고, 이방 식당으로 찾아가서 수구레 국밥으로 아침을 먹었다. 소내장의 한 부위를 요리하여 만든 음식인데 독특한 맛으로 이곳의 향토 음식이다. 다시 목포 늪과 우포늪 쪽지벌을 탐방하고 화왕산으로 갔다.

지난밤에 깊은 수면으로 충분한 잠을 잤는데 졸음이 자꾸만 찾아들어 주차장의 그늘에 주차하고 잠을 잤다. 대중분식당에 찾아가서 막국수를 주문하여 먹었는데 육수가 감칠맛이 나는 맛집이었다.

은행나무 가로수가 잘 가라고 손을 흔드는 길을 달리다 논 가운데 자리한 거목의 느티나무 그늘에서 한가로운 시간을 보냈다. 밀양 얼음골의 케이블카에 탑승하고 산을 올랐는데 상단에 하차하니 소나기가 내렸다. 아마도 내가 산을 걸어서 오르지 않고 케이블카로 오르니 산이 내려가라고 하는 것 같았다.

1억 4천만 년 태고의 신비 우포늪이 살아 숨 쉬는 소리가 들린다. 그곳에는 원시림이 그대로 보존되어 있었고, 수많은 새가 평화로운 삶을 살아가고 있다. 코로나19로 사람이 사람을 만나지 않아야 하는 시국인데, 우포늪은 나에게 많은 생각을 하게 한다. 자연은 스스로 잘 살아가고 있었다. *(2021년 8월 18~19일)*

울긋불긋 단풍으로 불타는 내장산

바람이 분다. 봄바람, 여름 바람이 지나가고 가을바람이 분다. 마당에는 은행잎이 가을바람에 뒹굴며 겨울을 향해 빨리도 달려간다. 이 가을에 단풍놀이하지 않고 지나간다면 나의 21년도 가을을 잃어버릴 것 같아 단풍이 아름다운 곳으로 살아서 가 보고 싶은 곳 열아홉 번째 여행을 떠났다.

아내와 누나를 모시고 내비게이션의 안내 따라 88고속도로를 달려서 순창에 있는 강천산 주차장에 도착했다. 평일인데 수많은 사람이 줄지어 계곡의 도로를 따라 단풍 나들이를 하고 있었는데, 단풍은 대부분 떨어지고 남은 단풍 몇 장이 가을바람에 떨어지지 않으려고 가지에 매달려 발버둥 치고 있었다.

집에서 약 4시간 30분을 달려왔는데 단풍이 길 위에 뒹굴고 있으니 낙엽처럼 내 마음도 허전했다. 강천사는 가지 않고 데크 산책로를 되돌아 주차장에 도착하니 비가 내리더니 뒤따라 우박으로 변해서 떨어지고 있었다.

서둘러 용궐산으로 달렸다. 거대한 바위에 지그재그로 데크를 설치하여 산책로를 만들어놓았다. 이슬비가 내렸는데 돌계단 길을 올라가는 중간의 넓은 데크에 누가 비옷 두 벌을 놓아두었다. 아내와 누나에게 비옷을 입히고 하늘길을 올랐다. 비가 멈추고 발아래 섬진강이 거대한 뱀처럼 꿈틀거리고, 겹겹이 파노라마를 펼친 산 사이로 운무가 피어있었다. 전망대에 올라 배낭 속의 따뜻한 커피를 아내에게 드렸더니 하트가 솟아난다.

용궐산을 떠나가니 또 소나기가 퍼붓는다. 참게장과 떡갈비를 주메뉴로 2대째 영업을 하는 백 년 가게를 찾아 저녁 만찬을 먹었다. 음식은 깔끔했으며 젊은이들이 운영하는 식당이라 인테리어가 심플하여 좋았다.

324

내장산은 약 30년 만에 찾는 곳이라 옛 기억은 하나도 없었는데 관광객을 부르는 초대형 식당들이 빼곡하였다. 개인이 운영하는 초대형 주차장에 일만 원을 주고 주차하고 와인 뚜껑을 개봉하니 그윽한 향기가 우리 모두를 행복하게 만들었다.

밤에 소나기가 차를 요란하게 두드리고 또 두드렸다. 차 속에서 듣는 빗소리는 낭만이 있었는데, 자꾸 두드리니 잠이 달아나려고 했다.

콩나물해장국으로 조찬을 하고 내장사로 들어가니 단풍들이 막 잠에서 깨어나 세수도 하지 않고 우리들의 감탄사에 놀라 영롱한 이슬을 머금은 채 반겼다. 이른 아침이라 차도 사람들도 없으니 황홀하게 아름다운 단풍이 모두 나의 것이다. 감탄사를 지르게 하는 단풍들을 휴대전화기 속에 넣으면서 촉촉한 산책길을 걸어가니 케이블카가 기다리고 있었다.

산 위에는 단풍이 지고 겨울이 다가오고 있었는데, 전망대에서 바라보이는 먼 곳의 산골짜기마다 운무가 연기처럼 하늘로 피어오르고 있었다. 제법 찬 기운이 몸을 어루만지는데 나의 배낭 속의 따뜻한 커피를 타서 발아래를 보니 세상이 커피잔 속에 담긴 만족이다. 케이블카를 타고 산에서 내려와 내장사로 가는데 오늘 만난 단풍 중에 가장 아름다운 곳에 내가 도착하니 햇살이 내려앉는다. 단풍잎이 붉은 홍조를 띠고 나의 마음속으로 달려든다. 내장사를 내려오니 사람들이 줄지어 올라오고 다시 이슬비가 오락가락했다. 주차장에 가까워지니 단풍을 너무 많이 휴대전화기 속에 담아서 핸드폰의 배터리가 바닥이 나서 꺼졌다.

내장사를 뒤로하고 산허리를 달려가니 길가의 단풍들이 가지 말라고 유혹했으나 뿌리치고, 백양사에 들어서니 이곳에는 단풍이 절정이었다.

한낮이라 수많은 차들이 분주히 들락거렸지만, 가로수 모두가 울긋불긋한 옷으로 나그네들을 환상의 세상 속으로 빠져들게 했다. 조용한 이른 아침이면 꼭 걸어가고 싶은 길이었는데 이렇게 아름다운 길을 차로 달리니 내 마음으로 다가오는 자연의 느낌이 부족했다. 백양사 산책로 주변의 단풍나무들은 키가 크고, 연못에 들어간 단풍들이 또 다른 가을을 연출하고 있었다. 길가의 매점 어묵이 꿀맛이다. 옛 추억들과 섞이어 오묘한 맛으로 또 다른 가을을 느끼게 했다.

가을의 끝자락에 꼭 만나야 하는 담양에 있는 메타세쿼이아 숲길을 찾아갔다. 이제 은 갈색 옷으로 갈아입기 시작하는 메타세쿼이아는 하늘을 찌를 듯이 큰 키를 자랑하며 2차선 도로 위로 터널을 만들었다. 햇빛이 들면 더 아름다울 듯하였지만, 가을비에 진 모습은 가을을 잘 표현하고 있었다. 우리는 메타세쿼이아가 사열하고 있는 도로를 따라 트래킹을 했다. 잠깐 햇살이 비추

다가 비가 내리기도 했지만, 메타세쿼이아의 자태에 반해서 감탄
사를 연발하면서 핸드폰에 담았다.

지난밤에 소낙비가 차를 요란하게 두드려도 오늘 날씨를 걱정
하지 않았는데 우리가 차에서 내리면 비가 그치고 차를 타고 이
동하면 비가 내리기 시작했다. 어제도 강천사에서 산책할 때는
가벼운 이슬비가 내리다 차를 타고 이동하면 장대비가 내렸고,
용궐산에서도 그런 현상이 이어지더니 오늘도 그랬다. 날씨까지
우리들의 이번 여행을 즐겁게 했다. *(2021년 11월 9일~10일)*

일각이 여삼추라 지나는 시간이 아우토반 위의 자동차다. 아침 문이 열렸는데, 금방 해가 서산에 걸렸다. 살아가기 위해서 일하는 것인지 일하기 위해 살아가는 것인지, 살아가기 위해 먹는 것인지 먹기 위해 살아가는 것인지 헷갈린다. 그냥 그렇게 살아가는 것 같다.

지난 세월을 뒤돌아보니 꿈을 가지고 그 꿈을 향해 살아왔고, 또다시 내일의 꿈을 향해 살아간다. 왜 여기서 살아가고 있으며, 어쩌다 사람으로 이곳에 왔을까? 지구에는 약 70억 명의 사람이 살아가지만, 이 순간 똑같은 생각과 똑같은 행위를 하는 사람은 아무도 없을 것이다. 각자의 삶의 굴레에서 살아가고 있을 뿐이다.

누구나 행복을 갈망한다. 그 행복이란 것이 물질에서 오는지 마음에 기인하는 것인지 궁금하다. 아마도 물질과 마음 모두가 아닐까! 편안한 삶이란 말도 모호하다. 아무 할 일 없이 살아가는 게 편안한 건지, 바쁜 일상 중 취하는 휴식이 편한 건지 각자의 몫인 듯하다. 어떤 것이든 내가 가지고 있거나 내 옆에 있을 때는 그것의 가치를 잊고 살아가지만, 내게 없는 것을 타인이 가지고 있으면 좋아 보이고 부럽기도 하다. 오늘처럼 비가 내리면, 좋은 사람도 있고 좋지 않은 사람도 있다. 그래서 나는 내가 다스릴 수 없는 것에는 순응하려고 노력한다.

　낮에 처음 만난 사람과 대화를 나누었다. 대화 중에 돈을 많이 가진 사람이 화두로 등장했다. 나는 돈을 많이 가진 사람이 부자가 아니라, 돈을 잘 쓰는 사람이 부자라는 생각이 들었다. 가진 돈을 쓰지 않으면 그 돈은 나의 돈이 아니고 타인의 돈이다. 돈이 많아도 비싼 음식을 얻어먹는 것보다 갈비탕이라도 내가 먼저 사는 사람이 돈을 잘 쓰는 부자다.

모든 생명은 태어나는 순간부터 죽음을 향해 달려간다. 하루만 살다가는 하루살이도 태어나면서 죽음을 향해 달려가고, 백년을 사는 인간도 역시 태어나면서 죽음을 향해 달려간다. 생명이 영원한 것은 아무것도 없다.

삶의 굴레에서 희로애락과 함께 살아간다. 희로애락도 지나고 보면 기쁨과 슬픔도 별반 다를 것이 없는 듯하다. 하지만 지금 아프거나 배가 고프면 고통스럽다. 또 내일이 불안하면 걱정이 마음을 고통스럽게 한다. 죽음을 향해 달려가는 삶의 굴레에서 이 순간도 나는 살아가고 있다.

책을 쓰면서 돌아보니 내 인생에 참 많은 일이 있었음을 느낀다. 책을 쓴다는 것은 하나의 마침표를 찍는 일이다. 그리고 다시 새로운 삶을 시작하게 한다.

이 책이 나올 수 있게 도움을 주신 여러분께 감사를 드린다.

그리고 이 책을 사랑하는 내 가족에게 바친다.

2022년 6월

울산 방어진 일산진에서

산과 함께 한 나의 이야기

초판인쇄	2022년 7월 4일
초판발행	2022년 7월 7일

지은이	이상호
발행인	조현수
펴낸곳	도서출판 더로드
기획	조용재
마케팅	최관호, 최문섭
교열·교정	이승득
디자인	문화미중

주소	경기도 고양시 일산동구 백석2동 1301-2
	넥스빌오피스텔 704호
전화	031-925-5366~7
팩스	031-925-5368
이메일	provence70@naver.com
등록번호	제2015-000135호
등록	2015년 6월 18일

정가 **16,800원**

ISBN 979-11-6338-276-8 (03810)